Peter Pan

CLÁSSICOS ZAHAR
em EDIÇÃO COMENTADA E ILUSTRADA

O Mágico de Oz*
L. Frank Baum

Tarzan
Edgar Rice Burroughs

Alice*
Lewis Carroll

Robinson Crusoé
Daniel Defoe

Sherlock Holmes (9 vols.)*
A terra da bruma
Arthur Conan Doyle

As aventuras de Robin Hood*
O conde de Monte Cristo*
A mulher da gargantilha de veludo e outras histórias de terror
Os três mosqueteiros*
Vinte anos depois
Alexandre Dumas

Os livros da Selva*
Rudyard Kipling

A Ilha do Tesouro
Robert Louis Stevenson

Jaqueta Branca
Moby Dick
Herman Melville

Contos de fadas*
Maria Tatar (org.)

Mary Poppins*
P. L. Travers

Aventuras de Huckleberry Finn
As aventuras de Tom Sawyer
Mark Twain

20 mil léguas submarinas*
A ilha misteriosa*
Viagem ao centro da Terra*
A volta ao mundo em 80 dias*
Jules Verne

* Títulos disponíveis também em edição bolso de luxo
Veja a lista completa da coleção no site zahar.com.br/classicoszahar

J.M. Barrie

PETER PAN

EDIÇÃO COMENTADA E ILUSTRADA

Apresentação:
Flávia Lins e Silva

Tradução:
Júlia Romeu

Notas:
Thiago Lins

13ª reimpressão

ZAHAR

Grafia atualizada segundo o Acordo Ortográfico da Língua Portuguesa de 1990, que entrou em vigor no Brasil em 2009.

Título original
Peter Pan

Capa
Rafael Nobre

Projeto gráfico
Carolina Falcão

Ilustrações
F.D. Bedford, para *Peter Pan*, de J.M. Barrie, publicado pela primeira vez na Inglaterra por Hodder Children's, um selo de Hachette Children's Books, 338 Euston Road, Londres NWI 3BH. Cortesia de Great Ormond Street Hospital Children's Charity.

Preparação
Juliana Romeiro

Revisão
Bruna Soares
Joana Milli

CIP-Brasil. Catalogação na publicação
Sindicato Nacional dos Editores de Livros, RJ

Barrie, J.M. (James Matthew), 1860-1937
B27p Peter Pan / J.M. Barrie; apresentação Flávia Lins e Silva; tradução Júlia Romeu; notas Thiago Lins. – 1ª ed. – Rio de Janeiro: Zahar, 2012.
il. (Clássicos Zahar)
Tradução de: Peter Pan.
ISBN 978-85-378-0890-0

1.Literatura infantojuvenil escocesa. I. Silva, Flávia Lins e, 1971-. II. Romeu, Júlia. III. Lins, Thiago. IV. Título.

CDD: 028.5
12-4440 CDU: 087.5

Todos os direitos desta edição reservados à
EDITORA SCHWARCZ S.A.
Praça Floriano, 19, sala 3001 – Cinelândia
20031-050 – Rio de Janeiro – RJ
Telefone: (21) 3993-7510
www.companhiadasletras.com.br
www.blogdacompanhia.com.br
facebook.com/editorazahar
instagram.com/editorazahar
twitter.com/editorazahar

Sumário

APRESENTAÇÃO

Uma viagem com Peter Pan pelas páginas, pelo tempo

JAMES BARRIE NASCEU em Kirremuir, na Escócia, em 9 de maio de 1860. Era um garoto delicado, baixinho, o caçula de três irmãos. Em 1867, um desses irmãos, David, sofreu um acidente de patins, quebrou a cabeça e morreu. Esta fatalidade iria marcar o pequeno Jamie para sempre. De certa forma, David ficou na imaginação de James como um menino que nunca chegou a crescer...

Depois de se formar em literatura pela Universidade de Edimburgo, Barrie decidiu se mudar para Londres, onde tentaria se estabelecer como escritor. Seu primeiro romance, intitulado *Better Dead*, foi publicado em 1887, mas ele começou ganhando a vida como jornalista freelancer. Em 1894, casou-se com a atriz Mary Ansell, fixando residência no número 133 da Gloucester Road, bem pertinho do famoso parque Kensington Gardens, onde gostava de passear com seu cachorro chamado Porthos – nome de um dos famosos *Três mosqueteiros* de Dumas.

Num jantar de fim de ano, Mary e James Barrie conheceram Sylvia e Arthur Llewelyn Davies e, conversando com eles, descobriram já ter encontrado com os filhos do casal em seus passeios com Porthos pelo Kensington Gardens. Tudo indica que o primeiro esboço da história de Peter Pan surgiu como uma brincadeira entre James Barrie e os filhos de Sylvia e Arthur. Em 1901, Barrie decidiu passar o verão num *cottage* em Surrey, perto da família Llewelyn Davies. Ali, Barrie concebeu para as crianças uma história chamada *The Boy Castaways of Black Lake Island* (Os meninos náufragos da Ilha do Lago Negro), que é considerado o "ur-Peter Pan", ou seja, o mais antigo esboço de *Peter Pan*, e que hoje está na Biblioteca Beinecke de Livros Raros e Manuscritos, em New Haven, Connecticut, Estados Unidos. O livro é cheio de fotos com as brincadeiras dos irmãos Llewelyn Davies e já menciona piratas, um cachorro, uma tenda, uma ilha e outros elementos que depois figurarão em *Peter Pan*.

Em 1902, James Barrie escreveu um livro chamado *The Little White Bird* (O pequeno pássaro branco), que nunca chegou a ser publicado no Brasil. A história se passa em Kensington Gardens e lá surge o personagem Peter Pan.

Em 1904, pensando e repensando a história de Peter, James Matthew Barrie levou ao palco do teatro Duke of York, em Londres, a peça com o seguinte título: *Peter Pan, or The Boy Who Wouldn't Grow Up* (Peter Pan, ou O menino que não queria crescer). O sucesso foi tão grande e imediato que, no ano seguinte, uma versão da peça foi encenada em Nova York. Parece que a peça teve muitas versões não autorizadas, correndo o país. Em 1906, trechos do livro *The Little White Bird* são publicados sob o título *Peter Pan in Kensington Gardens*, com ilustrações de Arthur Rackham, um dos mais famosos ilustradores de seu tempo. Finalmente, em 1911, Barrie escreveu o livro em prosa chamado *Peter and Wendy* (Peter e Wendy), depois renomeado *Peter Pan*. A peça teatral encenada em 1904 só foi publicada em 1928.

No Brasil, os leitores descobriram o personagem Peter Pan pelas mãos de Monteiro Lobato, que publicou sua versão em 1930. Com toda a liberdade, Lobato reconta a história a seu modo, com intervenções de Emília e de todos os personagens do Sítio. Entre outras travessuras, Emília decide, por exemplo, cortar também a sombra de Tia Nastácia. Há muitas invenções lobatianas, mas a essência da história está lá.

Poucos leram o texto integral de *Peter Pan* escrito por James Barrie. A maioria conhece a história através da adaptação para desenho animado produzida pelos estúdios da Disney, em 1953, com direção de Clyde Geromini, Wilfred Jackson e Hamilton Luske. Depois desta, surgem muitas outras versões para o cinema: o diretor Joel Schumacher realizou *Os garotos perdidos* em 1987; Steven Spielberg dirigiu *Hook:*

A volta do Capitão Gancho em 1991; Robin Budd e Donovan Cook filmaram *Peter Pan: De volta à Terra do Nunca* em 2002; no ano seguinte, P.J. Hogan dirigiu *Peter Pan, o filme*. E dois anos mais tarde Marc Forster dirigiu o belíssimo *Em busca da Terra do Nunca*.

Ler o texto original de *Peter Pan* é um prazer muito especial, pois, para além do enredo, o estilo usado por James Barrie ao escrever esta aventura é absolutamente encantador e a construção dos personagens é brilhante.

Apresentando a sra. Darling: a mãe perfeita

A caracterização que Barrie faz de cada personagem é riquíssima em detalhes. Nenhum deles é banal ou sem características originais.

A descrição da sra. Darling é simplesmente adorável. Revela uma mulher ao mesmo tempo amorosa, paciente, prendada e... com um beijo escondido no canto direito da boca, que ninguém jamais conseguiu ganhar: o sr. Darling "ficou com ela por inteiro, menos com a caixinha mais de dentro de todas e o beijo". Ficamos sabendo em seguida que ela é muito organizada com as contas da casa, até que... começa a desenhar bebês em vez de números. E assim que seus filhos nascem, ela se torna uma mãe perfeita, dessas que praticamente só existem na ficção. Costura à noite na beira da lareira, conta histórias e ainda dá nó na gravata do marido, com toda a paciência e carinho do mundo. Enfim, a sra. Darling é uma dona de casa exemplar, uma mãe super zelosa, uma mulher idealizada do início dos anos 1900. E como James Barrie quer mesmo que seus leitores fiquem encantados com a sra. Darling, ele não para de lhe atribuir qualidades. Inventa até um tipo de arrumação que as "boas mães" fazem toda noite, que é ao mesmo tempo absolutamente criativo e terrivelmente invasivo:

> À noite, todas as boas mães esperam seus filhos irem dormir para remexer suas mentes e arrumar tudo para a manhã seguinte, recolocando

> nos locais certos os diversos itens que saíram do lugar ao longo do dia. ... É igualzinho a arrumar gavetas. ... Quando você acorda de manhã, as traquinagens e má-criações com as quais foi dormir foram dobradas até ficarem bem pequenas e guardadas no fim da pilha da sua mente; na parte de cima, bem arejados, estão espalhados seus pensamentos mais bonitos, prontinhos para você usar.

A ideia de poder organizar os pensamentos é surpreendente, ainda que possa ser criticada. Comparando aos dias de hoje, nos faria pensar numa mãe que bisbilhota o computador do filho. Apesar de ser um ato que revela um zelo extremo, trata-se de uma indiscutível invasão de privacidade. Mas Barrie não vê nada de errado nisso e narra este fato tão carinhosa e amorosamente que o transforma num momento encantador. E é exatamente quando está organizando os pensamentos dos filhos que a sra. Darling fica sabendo que Peter Pan passou pelos pensamentos de Wendy. E começa a ficar preocupada!

Então, Naná, a babá-cachorro, fica de guarda. E aqui vale um parênteses: que outra casa tem um cachorro como babá?

> Como eram pobres, devido à quantidade de leite que as crianças bebiam, essa babá era uma cachorrinha terra-nova muito asseada que se chamava Naná e não pertencia a ninguém em particular até os Darling a contratarem.

Esta ideia completamente inovadora já daria uma história inteira. Mas Barrie não economiza em criatividade. E Naná também contribui para manter Peter Pan longe de Wendy e seus irmãos. É ela quem fecha a janela quando Peter entra na casa, separando-o de sua sombra!

Claro que Peter voltará para buscar sua sombra! E vemos aí outra invenção pra lá de criativa: um menino que perde a própria sombra! Ainda mais um menino que não tem pai, que não tem mãe, que não sabe sua idade, que mal tem endereço e que, segundo Wendy, tem um nome curto demais... E Peter ainda vai ficar sem sombra? Nem pensar! Ele pode não ter um nome comprido como Wendy Moira Ângela

Darling; pode não saber quantos anos tem; seu endereço, "segunda à direita e depois direto até amanhã de manhã", pode ser esquisito, mas ele jamais perderá sua sombra. Ou o seu orgulho. E já no primeiro encontro de Wendy com Peter fica claro o contraste entre os dois. Afinal, Wendy tem uma casa, tem mãe, e Peter Pan não tem. Quando Peter lhe diz que não recebe cartas, Wendy insiste: "Mas sua mãe recebe, não é?" E Peter responde: "Não tenho mãe."

É neste momento que entendemos por que a sra. Darling havia sido descrita tão amorosamente, quase como uma mãe dos sonhos de tão perfeita. Esta construção da sra. Darling, decerto proposital, consegue aumentar ainda mais a diferença que existe entre uma menina que tem mãe e um menino que é órfão. Afinal, ainda que Peter desdenhe e quase negue, ele é órfão. A partir daqui, fica claro que o livro *Peter Pan* narra as desventuras de um menino órfão em busca de uma mãe.

O texto, no entanto, jamais descreve Peter como um "coitadinho", com pena de si mesmo. Wendy fica perplexa:

> Imediatamente achou que estava diante de uma tragédia.
>
> – Ah, Peter, não é à toa que você estava chorando! – disse ela, pulando da cama e correndo para perto dele.
>
> – Eu não estava chorando por causa de mãe nenhuma! – disse Peter, indignado. – Estava chorando porque não consigo fazer minha sombra grudar de volta.

Por não ter mãe, a visão que Peter Pan tem das mães é inteiramente diferente da visão de Wendy. Quando ela convence os meninos perdidos a partirem para sua casa com ela, prometendo que a sra. Darling poderá ser mãe de todos, Peter se recusa a ir. E a desafia:

> – Wendy, você está errada em relação às mães.
>
> Todos foram para perto dele, assustados, de tão alarmante que era sua agitação. E, com maravilhosa sinceridade, Peter revelou algo que até então havia escondido de todos.

– Há muito tempo – disse ele –, eu, assim como você, achava que a minha mãe sempre ia deixar a janela aberta para mim. Por isso, fiquei longe de casa durante luas e mais luas, e depois voei de volta. Mas havia barras na janela, pois a mamãe havia se esquecido de mim. E tinha outro menininho dormindo na minha cama.

Eu não sei se isso é verdade, mas Peter achava que era. Os meninos ficaram com medo.

A dor do menino de dentes de leite é evidente. E sua desconfiança em relação às mães – e às mulheres – persistirá até o fim.

Notamos então a outra grande diferença que existe entre Peter e Wendy, enfatizada ao longo de toda a história. Enquanto Wendy quer brincar de casinha porque vê Peter romanticamente, Peter não parece ter qualquer tipo de desejo amoroso.

Peter, um menino sem desejo?

Desde o início do século XX, Sigmund Freud mostrou ao mundo que a sexualidade infantil existe e é algo natural. Em seu livro *Conferências introdutórias sobre psicanálise*, Freud afirma que a curiosidade sexual das crianças começa muito cedo, talvez antes dos três anos de idade. Durante muitos momentos de *Peter Pan*, vemos que Wendy gosta de Peter, quer ser algo mais do que uma mãe para ele. Peter, porém, não sabe sequer o que é um beijo. Há um momento clássico (mais uma vez de uma criatividade ímpar) que mostra bem isso:

– Não é possível que você não saiba o que é um beijo! – disse Wendy, escandalizada.

– Vou saber quando você me der um! – respondeu Peter, irritado.

Sem querer magoá-lo, Wendy lhe deu um dedal.

Há várias revelações neste diálogo: vemos o beijo transformado em dedal; a total falta de erotismo em Peter; a mulher vista como uma mãezinha que costura. Wendy fica encantada com a proposta de "brincar de mãe". E temos que lembrar que ela também é uma personagem criada no início do século XX, que obviamente não pensava em ser engenheira ou coisa parecida. Estava sendo criada para se casar e ter filhos...

> – Wendy – disse o safado –, você ia poder ajeitar nossas cobertas à noite.
>
> ...
>
> – Ai! – disse Wendy, estendendo os braços para ele.
>
> – E você ia poder costurar nossas roupas e fazer bolsos nelas. Nós não temos bolso.
>
> Como Wendy poderia resistir?

As histórias, é bom lembrar, não só refletem como ajudam a construir o imaginário coletivo de um povo, de uma determinada época. E depois ressoam neste imaginário coletivo por anos e anos. Então, a fantasia de Wendy, provavelmente, foi a fantasia da maioria das garotas do século XX. "Como Wendy poderia resistir?" O que ela queria ser na vida? Mãe! Era assim no seu tempo (claro que hoje em dia as garotas querem muito mais do que isso!). Acontece que, para Wendy, a proposta de "brincar de mãe" estava ligada a algo mais: ela associava a ideia de ser mãe à possibilidade de Peter ser o pai dos meninos perdidos. Peter, porém, só entra na brincadeira até certo ponto...

> – Querido Peter – disse ela. – Depois de ter tantos filhos é claro que eu não sou mais a mocinha que já fui, mas você não gostaria que eu mudasse, gostaria?
>
> – Não, Wendy.
>
> É claro que Peter não queria mudar nada, mas ele olhou para ela, sentindo-se pouco à vontade; piscando os olhos daquele jeito de quem não sabe se está acordado ou dormindo.
>
> – O que foi, Peter?
>
> – Eu só estava pensando – disse ele, com um pouco de medo. – É só faz de conta, não é, que eu sou o pai deles?

– É, sim – disse Wendy, um pouco chateada.

– Sabe o que é? – continuou Peter, num tom de quem pede desculpas. – É que, se eu fosse o pai deles de verdade, isso ia me fazer parecer tão velho.

– Mas eles são nossos, Peter. Meus e seus.

– Mas não de verdade, não é, Wendy? – perguntou ele, ansioso.

– Não se você não quiser – respondeu Wendy. E ela ouviu direitinho o suspiro de alívio dele. – Peter – disse Wendy, tentando falar com firmeza –, o que exatamente você sente por mim?

– Eu sou como se fosse seu filho, Wendy.

Neste momento, absolutamente frustrada e chateada, Wendy se afasta e vai se sentar em outro canto. Peter percebe que há algo errado, mas não consegue entender o que seja. Em seguida, fica muito claro que, assim como Wendy, Princesa Tigrinha e Sininho também querem ser mais do que "uma mãe" para Peter.

– Você é tão esquisita – disse Peter, sem entender nada. – E a Princesa Tigrinha é igual. Ela quer ser alguma coisa minha, mas diz que não quer ser minha mãe.

– Aposto que não! – retrucou Wendy com muita ênfase.

Agora a gente já sabe por que ela não gostava dos peles-vermelhas.

– Então, ela quer ser o quê?

– Uma dama não fala dessas coisas.

– Tudo bem! – disse Peter, exasperado. – Quem sabe a Sininho não me explica.

...

Ele teve uma ideia súbita.

– Quem sabe a Sininho quer ser minha mãe?

– Seu imbecil! – exclamou Sininho, furibunda.

Tudo o que Peter consegue é deixar as mulheres à sua volta chateadas, frustradas, irritadas. Enquanto há três personagens femininas interessadas nele, Peter não parece ter desejo algum, por mulher alguma.

Se escolhe levar Wendy para sua casa é porque ela gosta de brincar de mãe, porque gosta de costurar e, principalmente, porque sabe contar histórias. Mas quando Wendy quer brincar de ser mãe, desde que Peter seja o pai, ele se assusta e recua na brincadeira: "É só de faz de conta, não é, que eu sou o pai deles?"

Na verdade, para Peter, a maior qualidade de Wendy é saber contar histórias. Barrie a transforma numa Sherazade dos meninos perdidos. Então, ela é escolhida não só para brincar com Peter de "pai e mãe", mas porque, noite após noite, saberá contar histórias para todos aqueles meninos órfãos.

Só há um momento em toda a história em que Wendy ganha um beijo de Peter. Aliás, é um beijo pedido por ela. Peter pensa que beijo é dedal e oferece o dedal de volta a ela, cheio de rancor. Então, Wendy, mais uma vez, inverte beijo e dedal:

> – Ai, nossa – disse Wendy, que não queria magoá-lo. – Não quis dizer um beijo. Quis dizer um dedal.
>
> – O que é isso?
>
> – É assim – ela deu um beijo nele.
>
> – Que engraçado! – disse Peter, muito sério. – E, agora, eu também lhe dou um dedal?
>
> ...
>
> Peter lhe deu um "dedal" e, quase no mesmo segundo, ela soltou um grito.

Peter beija Wendy, sem saber o significado de um beijo. Parece desprovido de desejos, mesmo os de crescer, sair de sua ilha e amar. Será que é preciso desejar alguém para querer crescer? Para querer concretizar o desejo? Talvez... A Peter, esse pensamento não ocorre em momento nenhum. Mas Sininho percebe muito bem os sentimentos de Wendy. E, quando Peter dá um "dedal" à menina, Sininho imediatamente puxa os cabelos de Wendy. Sininho, a ciumenta. A mais inesquecível de todas as fadas.

Sobre fadas e... ciúmes!

Tudo o que sabemos sobre fadas, aprendemos com James Barrie. Ele as descreve com tanta propriedade que quase conseguimos vê-las. Quem poderia esquecer que a linguagem das fadas é como o tilintar de sinos de ouro? Ou que as fadas nasceram do riso de um bebê?

> – Sabe, Wendy, quando o primeiro bebê riu pela primeira vez, o riso dele quebrou em milhares de pedaços e todos eles saíram pulando, e esse foi o começo das fadas.

E sabendo que elas podem morrer se não acreditarmos nelas, quem faria a bobagem de dizer que não acredita em fadas?

> As crianças sabem de tanta coisa hoje em dia que logo param de acreditar nas fadas. E toda vez que uma criança diz "Eu não acredito em fadas", uma fada cai morta em algum lugar.

Estas invenções de Barrie, depois amplamente divulgadas pelo filme de Walt Disney, entraram de vez no imaginário coletivo. Mesmo que alguém tenha dúvidas se fadas existem ou não, melhor não falar isso em voz alta! Sob o risco de assassinar a inesquecível Sininho...

Originalmente, o nome Tinker Bell parece vir do trabalho desta famosa fada:

> – É uma fada bastante ordinária – explicou Peter, tentando dar uma desculpa por Sininho. – Ela conserta panelas e chaleiras.

Tinker significa funileiro, *bell* é sino. Talvez então *Tinker Bell* seja o som das batidas nas panelas, quase um sino, provocado pelos funileiros que passavam pelas ruas da Grã Bretanha, oferecendo seus serviços.

Em português, o nome Sininho – conforme aparece na obra do nosso Monteiro Lobato – foi um grande achado. É claro que Lobato aprendeu muito com Barrie e se inspirou muito com o livro do autor escocês. O pó de pirlimpimpim, usado pela turma do Sítio, por exemplo, tem um quê de pó de fada! Faz voar, faz viajar no tempo...

Como alguém poderia voar sem a ajuda das fadas? Primeiro, quando um dos irmãos de Wendy, João, pergunta a Peter como se faz para voar, o menino de dentes de leite inventa uma resposta qualquer:

> – Você tem que pensar em coisas boas e lindas – explicou Peter –, e elas suspendem você no ar.

Mas Wendy, João e Miguel não conseguem levantar nem um centímetro do chão. Então, o narrador comenta:

> É claro que Peter estava brincando com eles, pois ninguém consegue voar a não ser que tenha um pouco de poeira de fada soprada sobre si.

Com um pouco de poeira de fada, os três irmãos começam a voar. A princípio, sem qualquer elegância. Quando Peter dá a mão para Wendy, tentando ajudá-la, Sininho fica indignada e faz com que ele deixe Wendy voar sozinha.

Ao longo da história, Sininho sofre de um ciúme doentio e apronta todas contra Wendy. Num dos momentos mais fortes e impressionantes do livro, descobrimos que as fadas não são necessariamente seres bonzinhos. Elas têm sentimentos, como os humanos. Às vezes melhores, às vezes piores. E podem sentir ciúme. No caso de Sininho, o ciúme que ela sente de Peter é tão forte que ela arma um plano para tirar Wendy de vez do caminho:

> A ciumenta fada agora não estava nem mais fingindo que era amiga de Wendy e se lançava contra sua vítima vindo de todas as direções, beliscando-a cruelmente sempre que a tocava.
>
> – Oi, Sininho! – cumprimentaram os meninos.
>
> Sininho falou bem alto:

> – O Peter quer que vocês atirem na Wendy.
>
> Não fazia parte da natureza dos meninos perdidos questionar as ordens de Peter.
>
> – Vamos fazer o que o Peter mandou! – exclamaram os bobinhos. – Rápido, rápido, os arcos e as flechas!
>
> Todos, menos Firula, pularam nos buracos de suas árvores. Firula já estava com um arco e uma flecha na mão, e Sininho, ao ver isso, esfregou as mãozinhas.
>
> – Rápido, Firula, rápido! – gritou ela. – O Peter vai ficar tão feliz!
>
> Firula, animado, colocou a flecha no arco.
>
> – Saia da frente, Si! – gritou ele.
>
> E atirou. Wendy caiu no chão com uma flecha enfiada no peito.

Apesar de armar um plano para eliminar Wendy, compreendemos que Sininho age porque ama Peter de maneira possessiva, como se ele fosse seu. E, ainda que este não seja um amor correspondido, ela tem total devoção a ele. A ponto de colocar em risco sua própria vida para salvá-lo, como acontece no fim da história:

> – Sininho, como você ousa tomar o meu remédio?
>
> Mas ela não respondeu. Já estava cambaleando no ar.
>
> – Qual o problema? – perguntou Peter, sentindo um medo súbito.
>
> – Estava envenenado, Peter – disse ela, bem baixinho. – E agora eu vou morrer.
>
> – Ah, Sininho, você bebeu para me salvar?
>
> – Bebi.
>
> – Mas por que, Sininho?
>
> As asinhas de Sininho mal podiam sustentá-la agora, mas, em resposta, ela pousou no ombro de Peter, deu uma mordidinha carinhosa no queixo dele e sussurrou:
>
> – Seu imbecil...

Nem nessa hora Peter percebe o amor de Sininho por ele. Como já vimos, ele desconhece esse tipo de amor que as mulheres ao seu redor sentem por ele. Ainda assim, ele sente algum tipo de afeto por elas. Ao ver Sininho à beira da morte, Peter pede ajuda das crianças. Numa cena bem teatral, o menino dos dentes de leite pede que todos que acreditam em fadas batam palmas (e podemos imaginar que ótimo efeito isso deve ter no teatro, já que o texto vem da peça). Muitos batem palmas e, por fim, Sininho sobrevive. Mas, com sua personalidade forte e um tanto vingativa, "nem pensou em agradecer aqueles que acreditaram, mas teria gostado de pegar os que fizeram careta".

O fascinante em Sininho é exatamente isso: ela tem sentimentos. Ela age impulsivamente, nunca se faz de boazinha e sempre surpreende. Suas ações passionais e inesperadas acabam se tornando marcantes, inesquecíveis.

Gancho: até os vilões sentem medo

O Capitão Gancho é um dos vilões mais famosos de todos os tempos. Que menino nunca brincou com um cabide na mão, como se tivesse o gancho e a maldade do Capitão?

Quando James Barrie apresenta o Capitão Gancho a seus leitores, logo avisa que a parte mais assustadora de sua aparência é o gancho. E narra o uso desta famosa garra de ferro:

> Agora vamos matar um pirata, para mostrar o método de Gancho. Pode ser o Claraboia. No caminho, Claraboia esbarra desajeitadamente no capitão, amassando sua gola de renda; o gancho dispara e ouve-se o som de algo sendo rasgado e um grito de dor.

Depois, ainda descrevendo Gancho, o narrador aproveita para citar o pirata Long John Silver, criado por Robert Louis Stevenson em seu livro *A ilha do tesouro*: Gancho havia sido "o único homem que botava medo no famoso Long John Silver". Robert Louis Stevenson foi outro famoso escritor escocês, conterrâneo, contemporâneo e amigo de

James Barrie, que nasceu em 1850 (dez anos antes do autor de *Peter Pan*), e morreu em 1894, no Pacífico Sul, nas ilhas Samoa. Stevenson, autor também de *O médico e o monstro*, certamente influenciou Barrie com seus clássicos, daí a referência ao seu personagem.

O pirata criado por Barrie, porém, não é um pirata típico. Apesar de ser temido por seu terrível gancho e por seus modos rudes e grosseiros, tem traços belos. Sua aparência não é das piores. O narrador revela que ele tem um rosto bonito, cachos negros e olhos azuis:

> O Capitão Gancho era moreno e cadavérico, e seu cabelo era cheio de cachos que, a uma certa distância, pareciam velas negras, e davam um ar ameaçador ao seu belo rosto. Seus olhos eram azuis como o miosótis e tinham uma expressão de profunda melancolia – a não ser quando ele estava enfiando o gancho em alguém, pois aí manchas vermelhas apareciam neles e os deixavam horrivelmente incandescentes.

Depois, ficamos sabendo detalhes sobre as roupas e o estilo de Gancho, que se vestia como um fidalgo, imitando o estilo do rei Carlos II, da Inglaterra. E, de um jeito muito interessante, o narrador revela ter até alguma simpatia em relação a este inesquecível vilão:

> Já me disseram que era um grande *raconteur*. ... a elegância de sua dicção, até quando falava palavrões, assim como a superioridade de seu comportamento mostravam que ele não era da laia de sua tripulação.

Mais adiante, ficamos sabendo que Gancho estudou em uma escola famosa na Inglaterra (talvez Eton) e que tinha verdadeira paixão pelos bons modos! Mais do que paixão, essa preocupação com os bons modos surge como uma obsessão que inferniza Gancho até o fim da história:

> O pensamento mais inquietante de todos era esse: será que não era maus modos ficar pensando em bons modos?
>
> Esse problema o torturava. Era como se Gancho tivesse dentro de si uma garra ainda mais afiada que a garra de ferro que usava como mão.

De repente, o temido Capitão Gancho começa a se revelar um personagem frágil. Um homem perseguido pelo perfeito uso dos bons modos, um pirata perseguido por um tic-tac sem fim. Um vilão com fragilidades, com medos. Isso talvez tenha sido algo inaugural no tempo de Barrie: revelar que um homem pode sentir medo. Ainda mais um homem como Gancho! Um vilão! E, desconstruindo a figura do vilão típico, Barrie ironiza sutilmente a fama de corajoso do Capitão Gancho:

> Era um homem de coragem indomável, e dizem que só se assustava ao ver o próprio sangue, que era grosso e de uma cor diferente.

Com Gancho tendo medo do próprio sangue, às vezes o narrador parece quase sentir pena do vilão: "Ah, não sintam inveja do Capitão Gancho..." E há ainda dois momentos em que o próprio Gancho se lamenta. Na primeira vez, quase com ciúme de Barrica, que já caiu nas graças da criançada, ele exclama: "Não tem nenhuma criança que goste de mim." Essa frase é surpreendente! Enquanto Peter Pan busca uma mãe, Gancho busca um filho! Mas quer um filho por motivos egoístas: para que o filho o ame. E não vice-versa... Ainda assim, a frase humaniza o vilão, mostrando sua fragilidade. E, se ele quer se vingar de Peter Pan, é por um motivo bem claro:

> – Peter jogou a minha mão para um crocodilo que por acaso estava passando – disse Gancho, contraindo-se de raiva.
>
> – Eu já notei o estranho medo que o senhor tem de crocodilo – disse Barrica.
>
> – De crocodilo, não – corrigiu Gancho. – Daquele crocodilo.
>
> Ele continuou, falando mais baixo:
>
> – Ele gostou tanto da minha mão, Barrica, que me segue desde aquele dia, de mar em mar e de terra em terra, lambendo os beiços e querendo o resto de mim.
>
> – Não deixa de ser um elogio – disse Barrica.
>
> – Não quero um elogio desses! – rosnou Gancho com petulância. – Quero Peter Pan, que deu o primeiro gostinho de mim para a fera.

> Ele se sentou num enorme cogumelo, e sua voz ficou trêmula.
>
> – Barrica – disse Gancho roucamente –, esse crocodilo já teria conseguido me comer, se não fosse a sorte de ele ter engolido um relógio que faz tic-tac dentro da barriga dele. Com isso, antes de ele conseguir chegar perto de mim, ouço o tic-tac e saio correndo – ele riu, mas sem alegria.
>
> – Um dia a corda do relógio vai acabar, e aí ele vai pegar o senhor – disse Barrica.
>
> Gancho molhou os lábios ressecados.
>
> – É – disse ele. – Esse é o medo que me persegue.

Além do medo de que um dia o tic-tac cesse, há ainda um último medo de Gancho, que parece ser algo bem inglês: o medo de perder os bons modos. Na luta final com Peter Pan, ele provoca o adversário para testar se o menino vai perder os bons modos:

> O capitão teve um último triunfo, do qual nós não devemos nos ressentir. Enquanto estava de pé na amurada, olhando por cima do ombro e vendo Peter deslizando pelo ar, Gancho fez um gesto que era um convite para um pontapé. Isso fez com que Peter o chutasse em vez de esfaqueá-lo.
>
> Finalmente, Gancho recebeu a recompensa que tanto queria.
>
> – Maus modos! – exclamou ele com desprezo, indo feliz para a boca do crocodilo.
>
> E foi assim que James Gancho morreu.

No fim, Gancho morre, mas sente o gosto da vitória. Afinal, fez Peter perder os bons modos – enquanto ele, como um bom garoto de escola inglesa, teve bons modos até o fim!

A figura masculina em Peter Pan

Enquanto o narrador elogia todos os atos e gestos da sra. Darling, com o personagem do sr. Jorge Darling acontece justo o oposto. O pai de Wendy, Miguel e João é criticado e ridicularizado do início ao fim do livro.

Já no começo, o narrador informa que ele é muito preocupado com as finanças e que, quando Wendy nasce, faz mil e uma contas para ver se poderão ficar com o bebê. Depois, revela o quanto ele se preocupa com o olhar dos vizinhos: "O sr. Darling era fanático por ser exatamente igual aos vizinhos."

Inseguro, Jorge Darling sempre se esforça para ser amado e respeitado em casa, mas isso nunca acontece. E, momentos antes de as crianças saírem voando pela janela, ele desafia Miguel a tomar um remédio, conclamando o filho a "crescer" e "se tornar homem":

> – Seja homem, Miguel!
> – Não tomo, não tomo! – gritou Miguel, malcriado.

Então, o sr. Darling diz que tomaria o remédio para dar o exemplo, caso o frasco estivesse perto. Para seu azar, Wendy sabe onde está o frasco e o pai se vê obrigado a engolir a medicação, mas titubeia. E as crianças percebem:

> – Papai, estou esperando – disse Miguel com frieza.
> – É muito fácil dizer que está esperando. Eu também estou.
> – O papai é um medroso bobo.
> – Você que é um medroso bobo.
> – Não estou com medo.
> – Nem eu.
> – Bem, então tome o remédio.
> – Bem, então tome você.
> Wendy teve uma ideia esplêndida:
> – Por que vocês dois não tomam ao mesmo tempo?
> – Muito bem – concordou o sr. Darling. – Está pronto, Miguel?
> Wendy contou um, dois, três, e Miguel tomou o remédio, mas o sr. Darling jogou o líquido do copo para trás das costas.

Neste momento, o narrador nos revela que os filhos olham para o pai de uma maneira horrível, "como se não o admirassem". Para justificar o que fez, o sr. Darling joga o remédio na tigela de Naná, como se estivesse fazendo uma "travessura divertida". Com isso, a cadela bebe o remédio e o sr. Darling ainda a amarra do lado de fora. Nesta mesma noite, justamente porque Naná está amarrada, as crianças escapam voando pela janela.

A partir daí, o sr. Darling passa a sentir uma culpa terrível. Sabe que se diminuiu aos olhos dos filhos e se pune da maneira mais ridícula possível: passa a dormir na casinha de Naná.

> Roendo-se de remorsos, o sr. Darling jurou que não ia sair da casinha até que seus filhos voltassem. É claro que isso é lamentável; mas tudo o que o sr. Darling fazia, ele tinha que fazer com exagero, ou logo acabava desistindo. Depois desse dia, jamais houve um homem mais humilde do que o ex-orgulhoso Jorge Darling, que passava as noites enfiado na casinha conversando com a esposa sobre seus filhos e as coisas bonitinhas que eles costumavam fazer.

De excessivamente orgulhoso, o sr. Darling passa a ser excessivamente humilde. Ou, como nos revela o narrador: "um homem muito simplório."

Peter Pan é um garoto que não quer crescer, não quer se "tornar um homem", porque correria o risco de ficar patético como os demais personagens masculinos da história, que são todos ridicularizados, desvalorizados, diminuídos. Gancho tem medo de sangue e se preocupa com os bons modos; Jorge Darling se preocupa com o que os vizinhos pensam dele, é um homem bobo, orgulhoso, inseguro. Assim, os exemplos de homens adultos apresentados no texto acabam por justificar o fato de que Peter não queira crescer.

Terra do Nunca

Em geral, quanto menos precisa é uma descrição, mais espaço há para a imaginação, mais espaço sobra para a fantasia. Há maneiras e maneiras de se descrever um lugar imaginário, e hoje existe até um divertidíssimo *Dicionário de lugares imaginários*, criado por Alberto Manguel e Gianni Guadalupi. De qualquer jeito, um certo toque de imprecisão ajuda a libertar o lugar fictício de qualquer possível conexão com a realidade.

Cervantes imortalizou a técnica com sua inesquecível abertura de *Dom Quixote*: "Num lugar de La Mancha, de cujo nome não quero lembrar-me..." Essa imprecisão de Cervantes, essa abertura brilhante, é usada também por James Barrie quando nos dá pistas da Terra do Nunca, sem jamais defini-la por completo. Tudo o que sabemos sobre a Terra do Nunca é que

> é sempre mais ou menos uma ilha, com pinceladas maravilhosas de cor aqui e ali, e recifes de coral e barcos velozes prontos para zarpar, e esconderijos selvagens e secretos, e gnomos que quase sempre são alfaiates, e cavernas atravessadas por rios, e príncipes com seis irmãos mais velhos, e uma cabana caindo aos pedaços, e uma velhinha bem baixinha com um nariz de gavião.

O genial em Barrie é que ele descreve a ilha com detalhes tão minuciosos e criativos que quase acreditamos que vai nos oferecer uma descrição mais precisa e definida desta ilha. Logo depois, porém, ele quebra essa expectativa, com outra informação:

> É claro que as Terras do Nunca variam muito. A de João, por exemplo, tinha uma lagoa com flamingos voando em cima, nos quais ele atirava. Já a de Miguel, que era muito pequeno, tinha um flamingo com lagoas voando em cima.

Então fica combinado: Terra do Nunca, cada um tem a sua. E cada um a imagina como bem quiser. E, lendo o livro, descobrimos que "nós [adultos] também já estivemos lá; ainda podemos ouvir o barulho das ondas, mas nunca mais vamos desembarcar".

A falta de memória de Peter

Além da falta de desejo, Peter parece ter outro problema que o impede de crescer: a falta de memória. Se não se lembra das coisas, se não constrói sua própria história pessoal, como poderia pensar em futuro? Peter vive apenas o presente, sem se preocupar com o amanhã. E, com o tempo, isso acaba por distanciá-lo de Wendy. Já no fim do livro, quando Peter vem buscar Wendy novamente, ela começa a conversar sobre as aventuras que viveram juntos e, de repente, ele a surpreende com sua falta de memória:

> – Quem é Capitão Gancho? – perguntou Peter com interesse quando ela falou de seu arqui-inimigo.
>
> – Você não lembra como matou o capitão e salvou as vidas de todos nós? – perguntou ela, muito espantada.
>
> – Eu esqueço de quem eu mato – respondeu ele com indiferença.
>
> Quando Wendy disse, embora duvidasse muito disso, que esperava que Sininho fosse ficar feliz em vê-la, Peter perguntou:
>
> – Quem é Sininho?
>
> – Ah, Peter! – exclamou Wendy, chocada.
>
> Mas, mesmo depois de ela explicar, ele não conseguiu lembrar.
>
> – Tem tantas fadas – disse Peter. – Acho que ela não deve existir mais.

Ficamos sabendo pelo narrador que as novas aventuras fizeram Peter esquecer as antigas. Que o passado para ele não existe e que o tempo nunca passa para ele. Por não ter memória, Peter vive tudo como se fosse pela primeira vez, sempre com a mesma idade. Tudo é sempre um grande início, uma aventura inaugural. Mas a verdade é que Peter nunca consegue ganhar experiência, não muda, não se transforma. Quem se transforma é Wendy. Mas Peter nem sequer percebe que Wendy já está crescendo, que seu vestido está ficando curto.

> Wendy cresceu. Você não precisa ficar com pena dela. Ela era do tipo que gostava de crescer. No fim das contas, acabou crescendo por vontade própria, um dia antes das outras meninas.

Aqui surge a diferença final entre Peter e Wendy: enquanto ele não quer crescer, ela quer. E cresce rápido: "um dia antes das outras meninas". Ao contrário de Peter, porém, Wendy não se esquece do que viveu: "Ah, se eu pudesse ir com vocês", suspira ela quando Peter e sua filha partem para a Terra do Nunca.

Até o fim de seus dias, Wendy vai relembrar o que viveu com Peter. Já ele vai continuar vivendo uma aventura depois da outra. Sem perceber e sem se importar que agora está acompanhado da filha ou da neta de Wendy. Ele segue buscando alguém para ser sua mãe. E, deste modo, continua sempre no mesmo lugar, sempre tentando costurar sua antiga ferida que, pelo visto, nunca cicatrizará...

A origem do nome Pan: o deus Pã

Segundo a mitologia grega, Pã era o deus dos bosques, protetor dos pastores e morava pelas montanhas caçando. Inventou a flauta, que sabia tocar como ninguém. Mas era temido por todos aqueles que precisavam atravessar os bosques durante a noite. Por isso, os medos súbitos e as crises de pânico (palavra, aliás, derivada de Pã) eram atribuídos também a esse deus, que teria a aparência de um fauno. O nome Pã também significa "tudo" e, para alguns, o deus simboliza a natureza.

Por que terá James Barrie escolhido este nome para Peter? Talvez porque o tenha associado à natureza, aos bosques. E, na estátua que Barrie encomendou ao escultor George Frampton, em bronze, para colocar no jardim de Kensington, em 1912, Peter aparece tocando a flauta de Pã. Além disso, identificamos em Peter Pan um grande pânico: o medo de crescer. E de ter que deixar sua ilha cercada de bosques por uma vida repleta de responsabilidades, na cidade. Outra curiosidade é que Pã é considerado um símbolo do paganismo, e também podemos associar Peter a um "deus da floresta", cercado de fadas, sem ter que se submeter a uma vida "cristã" convencional. O sobrenome Pan, neste sentido, talvez revele não apenas uma certa rebeldia, mas um "culto" à liberdade. A liberdade de ser diferente, incomum, raro, especial, com uma trajetória original, diferente da maioria dos seres humanos, que nascem, crescem, casam e morrem. Peter Pan não precisa fazer escolhas. Pode seguir com sua vida na floresta, com sua eterna leveza, pode continuar se negando a crescer, sem nunca se sentir perseguido por nenhum tipo de tic-tac.

A ESTRUTURA DO TEXTO

Quase toda história voltada para os jovens leitores tem um enredo que propõe o esquema conhecido como "home-away-home" (casa-longe-casa). Como a maioria das histórias infantojuvenis tem protagonistas crianças, é necessário que eles deixem seu lugar seguro e protegido (em geral a casa) e se afastem dos adultos para que possam viver uma aventura "desprotegida" e algo transformadora. É o que acontece, por exemplo, com Wendy em *Peter Pan*, Alice em *Alice no País das Maravilhas* e com Dorothy em *O mágico de Oz*. Esse afastamento acontece para que os personagens possam enfrentar seus problemas sozinhos e voltar transformados. Assim, João, Miguel e Wendy saem voando janela afora com Peter Pan rumo à Terra do Nunca. Claro que nesta viagem os três irmãos vão poder experimentar algo que não seria possível se ficassem em casa, protegidos pela sra. Darling ou por Naná. No terceiro capítulo, porém, antes de partirem voando, o narrador entra em cena e conversa com seu jovem leitor, garantindo um final seguro:

> Foi exatamente nesse momento que o sr. e a sra. Darling saíram correndo da casa 27 com Naná. ...
>
> Será que eles vão chegar ao quarto das crianças a tempo? Se chegarem vai ser muito bom para eles, e nós todos vamos dar um suspiro de alívio, mas não vai ter história. Por outro lado, se eles não chegarem a tempo, eu prometo solenemente que vai dar tudo certo no fim.

Este narrador que conversa aqui com o leitor – é bom deixar claro – não é o autor. É um narrador-personagem, criado pelo autor para ajudar a contar a história. Trata-se de um narrador que comenta a história dialogando com o leitor, um narrador onisciente e onipresente, que está contando a história como se estivesse dentro dela, mas sem ser um dos personagens – um narrador, enfim, que os especialistas chamariam de intradiegético-heterodiegético.

Esse narrador, que conversa constantemente com o leitor, volta a aparecer no capítulo 5, ajudando a descrever o terrível Capitão Gancho, que habitará a fantasia do leitor para sempre: "Agora, pela primeira vez, vamos ouvir a voz de Gancho. É uma voz terrível."

A maneira como James Barrie usa o narrador é fascinante, pois ajuda a criar um clima ainda mais dramático à ação que já estava acontecendo. Talvez seja um hábito que o autor tenha trazido do teatro, onde muitas vezes o narrador entra em cena, contando parte da história, entre uma troca de cenário e outra. Afinal, como já foi dito, a história de Peter Pan nasceu como peça de teatro e teve muitas versões antes de se tornar livro.

Como todo mundo sabe, nada nasce pronto. Muito menos os livros. Em geral, dão um trabalho danado e precisam ser escritos e reescritos inúmeras vezes até ficarem prontos de verdade e chegarem às mãos dos leitores. Com o livro *Peter Pan* as versões e experimentações foram muitas, no papel e no teatro, antes de se chegar a esta versão que o leitor tem agora nas mãos. Agora é segurar bem o livro, abrir a janela e... se preparar para uma viagem inesquecível. Ou muitas. Afinal, a Terra do Nunca pode mudar a cada visita. E nós também. Só Peter seguirá como sempre...

FLÁVIA LINS E SILVA

Flávia Lins e Silva é escritora e roteirista, autora de diversas obras para crianças e jovens, entre elas *Diário de Pilar na Grécia*, *O agito de Pilar no Egito* e *Diário de Pilar na Amazônia* (todos lançados pela Zahar). Venceu o Prêmio de Melhor Livro Juvenil FNLIJ com *Mururu no Amazonas*, que integra o acervo White Raven, da Biblioteca Juvenil Internacional de Munique.

Frontispício da primeira edição de Peter Pan.

1

Peter entra em cena

Todas as crianças crescem, menos uma. Elas logo sabem que vão crescer, e Wendy[1] descobriu assim: um dia, quando tinha dois anos de idade e estava brincando num jardim, colheu mais uma flor e correu com ela até a mãe. Imagino que devia estar muito bonitinha, pois a sra. Darling pôs a mão no coração e exclamou:

– Ah! Por que você não pode ficar assim para sempre?

Isso foi tudo o que elas falaram sobre o assunto, mas desde então Wendy soube que teria que crescer. A gente sempre sabe depois dos dois anos. Dois anos é o começo do fim.

É claro que eles moravam no número 14 e, até Wendy aparecer, sua mãe era a principal pessoa da casa. Era uma moça encantadora, dona de uma mente romântica e de uma boca tão doce e debochada. Sua mente romântica era como aquelas minúsculas caixinhas que vêm do misterioso Oriente,[2] uma dentro da outra, e, por mais que você encontre mais uma caixinha, sempre tem outra menor. E sua boca doce e debochada continha um beijo que Wendy nunca conseguia ganhar, embora ele estivesse bem ali, perfeitamente conspícuo no cantinho direito.

---

1. Segundo o relato de James Barrie (1860-1937) em seu livro de ensaios *The Greenwood Hat* (1930), o nome Wendy foi inspirado em Margaret (1888-94), a filha de um de seus amigos próximos, o poeta vitoriano William Ernest Henley (1849-1903). Margaret, que faleceu aos seis anos de idade, chamava Barrie de "fwendy", em vez de "friend" (amigo).
2. O autor satiriza um dos hábitos ingleses de sua época, o de imaginar a vida no Oriente como sendo algo exótico e inescrutável.

Foi assim que o sr. Darling a conquistou: os muitos cavalheiros que haviam sido meninos na época em que ela era menina descobriram simultaneamente que estavam apaixonados por ela, e todos correram para sua casa para pedi-la em casamento. Com exceção do sr. Darling, que pegou um táxi, chegou primeiro e ficou com ela. Ficou com ela por inteiro, menos com a caixinha mais de dentro de todas e o beijo. Ele nunca soube da existência da caixinha e, com o tempo, desistiu de tentar ganhar o beijo. Wendy achava que Napoleão[3] teria conseguido ganhá-lo, mas eu posso vê-lo tentando e em seguida indo embora num ataque de fúria, batendo a porta.

O sr. Darling costumava se gabar para Wendy, dizendo que a mãe dela não apenas o amava, como também o respeitava. Ele era um desses homens profundos que entende de ações e fundos de investimento. É claro que ninguém entende disso na verdade, mas ele bem que parecia entender, e muitas vezes dizia que algumas ações estavam subindo e alguns investimentos estavam caindo de um jeito que teria feito qualquer mulher respeitá-lo.

A sra. Darling se casou de branco e, no início, anotava minuciosamente tudo o que gastava, quase com alegria, como se fosse uma brincadeira, sem deixar passar nem mesmo uma folha de alface; mas, após algum tempo, couves-flores inteiras foram ficando de fora, e no lugar delas apareciam desenhos de bebês sem rosto. A sra. Darling os desenhava quando deveria estar calculando as despesas da casa. Eles eram os palpites dela.

Wendy veio primeiro, depois João, e depois Miguel.

Durante as primeiras semanas após a chegada de Wendy, eles não sabiam se iam poder ficar com ela, pois era mais uma boca para comer. O sr. Darling estava terrivelmente orgulhoso dela, mas ele era um homem muito honroso, e sentava na beirada da cama da sra. Darling,

---

3. Napoleão Bonaparte (1769-1821), líder político e militar durante os últimos estágios da Revolução Francesa. Imperador da França de 1804 a 1814, estabeleceu a hegemonia francesa sobre a maior parte da Europa.

segurando a mão dela e fazendo contas, enquanto ela o observava, suplicante. A sra. Darling queria arriscar, não importava o que acontecesse, mas ele não era assim; com ele tinha que ser tudo na ponta do lápis e, se ela o confundia com sugestões, ele tinha que começar do começo de novo.

– Não me interrompa – implorava ele. – Eu tenho uma libra e dezessete aqui, mais dois xelins e seis no escritório, posso cortar o café no escritório, digamos que sejam menos dez xelins, o que dá duas, nove e seis,[4] com mais os seus dezoito xelins e três, dá três, nove e sete, mais as cinco libras no meu talão de cheques, dá oito, nove e sete... Quem está se mexendo aí? Oito, nove e sete, e vai sete... Não fale, meu amor... E a libra que você emprestou para aquele homem que bateu à porta... Quieta, menina. Sete, e vai menina... Pronto, agora errei tudo! Eu tinha falado nove, nove e sete? Tinha, nove, nove e sete. A pergunta é: nós conseguimos passar um ano com nove, nove e sete?

– É claro que conseguimos, Jorge![5] – exclamou a sra. Darling.

Mas ela tinha uma queda por Wendy, e o sr. Darling é que tinha maior firmeza de caráter no casal.

– Não se esqueça da caxumba – avisou ele, quase em tom de ameaça, e lá se foi de novo. – Caxumba custa uma libra, foi isso que eu anotei, mas talvez esteja mais para uns trinta xelins... Quieta... Sarampo, uma

---

4. No padrão monetário inglês pré-decimal, adotado até 1971 e vigente, portanto, quando *Peter Pan* foi escrito, uma libra equivalia a vinte xelins, e um xelim equivalia a doze pence. Oralmente, as quantias eram ditas sem indicação do nome da moeda: "uma libra e dezessete" significa uma libra e dezessete xelins; "dezoito xelins e três" significa dezoito xelins e três pence; e "duas, nove e seis" significa duas libras, nove xelins e seis pence.

5. Os filhos de Arthur (1863-1907) e Sylvia Llewelyn Davies (1866-1910), além de terem inspirado Barrie a escrever *Peter Pan*, batizaram alguns dos personagens da história. George era o filho mais velho dos Davies, John era o segundo filho, Peter o terceiro e Michael, o quarto. O autor ficou amigo dos garotos em um de seus passeios em Kensington Gardens e veio a conhecer os pais posteriormente, em 1898, durante um jantar. Após a morte de Arthur – e, logo depois, de Sylvia – James Barrie teve um papel importante na criação das crianças. A peça de Allan Knee *The Man Who Was Peter Pan* (1998) aborda a relação do autor com a família Llewelyn Davies e serviu de base para o filme *Em busca da Terra do Nunca* (2004).

libra e cinco; rubéola, meio guinéu;[6] dá duas libras, quinze e seis... Não sacuda o dedo... Coqueluche, digamos uns quinze xelins...

E assim foi indo, e cada vez a conta dava um resultado diferente; mas, no fim, Wendy passou raspando, com a caxumba reduzida a doze xelins e seis, e o sarampo e a rubéola sendo tratados como uma doença só.

João deu a mesma dor de cabeça, e Miguel escapou por um triz menor ainda; mas os dois ficaram, e logo foi possível ver as três crianças andando em fila até o Jardim de Infância da srta. Fulsom, acompanhadas pela babá.

A sra. Darling gostava de cuidar de tudo com muito cuidado, e o sr. Darling era fanático por ser exatamente igual aos vizinhos; por isso, é claro que eles tinham uma babá. Como eram pobres, devido à quantidade de leite que as crianças bebiam, essa babá era uma cachorrinha terra-nova[7] muito asseada que se chamava Naná e não pertencia a ninguém em particular até os Darling a contratarem. Mas ela sempre dera muita importância às crianças, e os Darling a haviam conhecido em Kensington Gardens,[8] onde ela passava a maior parte de seu tempo livre enfiando o focinho nos carrinhos de bebês e sendo muito odiada pelas babás descuidadas, pois as seguia até suas casas e reclamava delas para as patroas. Naná se revelou um tesouro de babá. Era minuciosa na hora do banho, e se levantava a qualquer hora da noite se uma das crianças sob seus cuidados desse o menor gemido. É claro que sua casinha de cachorro ficava no quarto delas. Naná era um gênio

6. Moeda inglesa cunhada em 1663 e extinta em 1813. Recebeu esse nome porque o ouro utilizado em sua produção vinha da região da Guiné, na África. No sistema monetário pré-decimal, um guinéu equivalia a vinte e um xelins, e meio guinéu equivalia a dez xelins e seis pence.

7. Raça de cães de grande porte, originária da ilha canadense de Terra Nova. Considerada uma raça dócil, é conhecida por sua capacidade de nadar e por realizar salvamentos no mar.

8. Kensington Gardens é um dos parques públicos reais de Londres, localizado na região central da cidade, ao lado do Hyde Park. James Barrie morava a uma curta distância do local e lá conheceu os irmãos Llewelyn Davies. Em *Peter Pan em Kensington Gardens*, de 1906, o autor afirma: "Vocês precisam entender que será difícil acompanhar as aventuras de Peter Pan, a menos que estejam familiarizados com o Kensington Gardens."

na hora de saber se uma tosse era uma bobagem qualquer ou se era necessário enrolar um pano em volta da garganta. Até o fim de seus dias, acreditou em remédios antigos como folha de ruibarbo,[9] e emitia sons de desprezo diante dessa mania moderna de falar de germes e coisas do tipo. Ver Naná acompanhando as crianças até a escola era uma lição de competência. Ela caminhava tranquilamente ao lado delas se estivessem se comportando bem, e lhes dava cabeçadas para fazê-las voltar para a fila quando se desgarravam. Nos dias em que João tinha futebol, Naná nunca esquecia o suéter dele, e em geral carregava um guarda-chuva na boca para o caso de o tempo mudar de repente. Havia uma sala no porão da escola da srta. Fulsom, onde as babás ficavam esperando. Elas se sentavam em bancos compridos e Naná se deitava no chão, mas essa era a única diferença. As babás fingiam não tomar conhecimento de Naná, acreditando que ela pertencia a uma classe social inferior; já Naná desprezava a mania das outras de fazer fofoca. Ela não gostava que as amigas da sra. Darling visitassem o quarto das crianças, mas, se elas aparecessem, Naná primeiro trocava o macacão de Miguel pelo de fita azul, depois ajeitava a roupa de Wendy e finalmente dava uma penteada no cabelo de João.

Nenhuma criança poderia ter recebido cuidados mais corretos, e o sr. Darling sabia disso, mas às vezes se inquietava, perguntando-se se os vizinhos comentavam.

Ele tinha uma posição na sociedade a zelar.

Naná também o deixava perturbado por outro motivo. Às vezes, ele tinha a sensação de que ela não o admirava.

– Sei que ela o admira muitíssimo, Jorge – assegurava-lhe a sra. Darling, e então ressaltava para as crianças que elas precisavam ser excepcionalmente gentis com o pai.

---

9. Originário da Ásia, o ruibarbo (*Rheum rhabarbarum*) começou a ser utilizado como alimento e fitoterápico no século XIII, na Inglaterra. Além de ingrediente frequente para tortas e sobremesas, o talo da planta pode ser usado como estimulante digestivo para crianças. A folha é altamente tóxica, embora fosse consumida em saladas até o início do século XX.

E tinham deliciosas sessões de dança, para as quais a única outra empregada, Lisa, às vezes era convidada. Ela parecia uma anãzinha com a saia comprida e a touca do uniforme, embora houvesse jurado, quando fora contratada, que passara dos dez anos há muito tempo. Como eram alegres essas brincadeiras! E a mais alegre de todas era a sra. Darling, rodopiando tão rápido que não era possível ver nada dela, só o beijo. E, se num momento desses alguém houvesse corrido para perto dela, talvez tivesse conseguido ganhá-lo. Nunca existiu uma família mais feliz, nem mais simples. Até a chegada de Peter Pan.[10]

A sra. Darling ouviu falar de Peter pela primeira vez quando estava organizando as mentes de seus filhos. À noite, todas as boas mães esperam seus filhos irem dormir para remexer suas mentes e arrumar tudo para a manhã seguinte, recolocando nos locais certos os diversos itens que saíram do lugar ao longo do dia. Se você conseguisse ficar acordado (mas é claro que não consegue), ia ver sua mãe fazendo isso, e ia achar muito interessante observá-la. É igualzinho a arrumar gavetas. Você a veria de joelhos, imagino eu, olhando divertida para parte do conteúdo, perguntando-se onde você arrumara aquilo, fazendo descobertas doces e outras nem tão doces, apertando as primeiras contra o rosto como se fossem tão lindas quanto um gatinho e escondendo as outras bem depressa num canto onde ninguém vai ver. Quando você acorda de manhã, as traquinagens e má-criações com as quais foi dormir foram dobradas até ficarem bem pequenas e guardadas no fim da pilha da sua mente; na parte de cima, bem arejados, estão espalhados seus pensamentos mais bonitos, prontinhos para você usar.

---

10. É possível que o personagem de James Barrie seja mais um derivado do culto ao deus grego Pã, fenômeno que percorreu a era eduardiana. Em um ensaio intitulado "Pan's Pipes" (1881), o escritor escocês Robert Louis Stevenson (1850-94) proclama que "para os jovens e para as mentes abertas e adequadas, Pã não está morto". O deus dos bosques também é o herói de *Puck of Pook's Hill* (1906) do poeta britânico Rudyard Kipling (1865-1936), e é representado pelo personagem Dickon em *O jardim secreto* (1911) da escritora inglesa Frances Hodgson Burnett (1849-1924). Em 1904 ocorre a estreia da peça de Barrie, *Peter Pan, or The Boy Who Wouldn't Grow Up*, que servirá de base para o romance *Peter and Wendy* (que seria rebatizado como *Peter Pan*), de 1911.

Não sei se você já viu o mapa da mente de alguém. Os médicos às vezes fazem mapas de outras partes de você, e o seu mapa pode se tornar bastante interessante. Mas olhe o que acontece quando eles tentam fazer um mapa da mente de uma criança, que, além de ser confusa, dá voltas sem parar. O mapa tem linhas em zigue-zague iguais às dos gráficos de temperatura, e elas provavelmente são as estradas da ilha, pois a Terra do Nunca[11] é sempre mais ou menos uma ilha, com pinceladas maravilhosas de cor aqui e ali, e recifes de coral e barcos velozes prontos para zarpar, e esconderijos selvagens e secretos, e gnomos que quase sempre são alfaiates, e cavernas atravessadas por rios, e príncipes com seis irmãos mais velhos, e uma cabana caindo aos pedaços, e uma velhinha bem baixinha com um nariz de gavião. Seria um mapa fácil se só tivesse isso; mas também tem o primeiro dia de aula, as rezas, os pais, o laguinho, as lições de costura, os assassinatos, os enforcamentos, os verbos transitivos diretos, o dia que tem sobremesa de chocolate, os primeiros suspensórios, o diga trinta e três, uma moeda se você arrancar seu dente sozinho, e por aí vai; e isso ou faz parte da ilha ou de outro mapa que aparece por baixo. E é tudo muito confuso, principalmente porque nada para quieto.

É claro que as Terras do Nunca variam muito. A de João, por exemplo, tinha uma lagoa com flamingos voando em cima, nos quais ele atirava. Já a de Miguel, que era muito pequeno, tinha um flamingo com lagoas voando em cima. João morava num barco emborcado sobre a areia, Miguel numa oca de índio e Wendy numa casa de folhas muito bem costuradas. João não tinha amigos, Miguel tinha amigos à noite, Wendy tinha um lobo de estimação que havia sido abandonado pelos pais. Mas, em geral, as Terras do Nunca têm semelhanças entre si como os membros de uma família e, se elas ficassem paradas uma do lado da outra, você ia poder dizer que têm o mesmo nariz e coisas assim.

---

11. "Never-Never" (Nunca-Nunca) era o modo como se descreviam algumas das regiões inabitadas da Austrália no século XIX. Nos primeiros esboços da peça, a ilha de Peter Pan era chamada "Never Never Never Land", em vez de apenas Neverland (Terra do Nunca).

Nessas praias mágicas as crianças sempre irão ancorar seus barquinhos. Nós também já estivemos lá; ainda podemos ouvir o barulho das ondas, mas nunca mais vamos desembarcar.

De todas as ilhas deliciosas que existem, a Terra do Nunca é a mais aconchegante e compacta; não é grande e espalhada, sabe?, com aquelas distâncias chatas entre uma aventura e outra. É bem apertadinha. Quando você brinca nela durante o dia, usando as cadeiras e a toalha da mesa, ela não é nem um pouco assustadora. Mas, nos dois minutos antes de você ir dormir, ela fica quase, quase real. É por isso que a gente sempre deixa uma luzinha acesa no quarto durante a noite.

De tempos em tempos, em suas andanças pelas mentes de seus filhos, a sra. Darling encontrava coisas que não entendia e, de todas elas, a mais desconcertante era a palavra "Peter". Ela não conhecia nenhum Peter, mas ele estava aqui e ali nas mentes de João e Miguel, enquanto na de Wendy seu nome começou a aparecer rabiscado por todo lado. O nome estava escrito em letras mais grossas que as de qualquer outra palavra e, quanto mais a sra. Darling olhava para ele, mais achava que tinha uma aparência estranhamente arrogante.

– É, ele é muito arrogante mesmo – admitiu Wendy, um pouco chateada.

Sua mãe a estava interrogando.

– Mas quem é ele, meu amor?

– Você sabe, mãe. É o Peter Pan.

No início a sra. Darling não sabia, mas foi pensando em sua infância e se lembrou de um tal de Peter Pan que, diziam, morava com as fadas. Existem histórias estranhas sobre ele. Tem uma que diz que, quando as crianças morrem, Peter Pan fica com elas durante parte do caminho para que não tenham medo. A sra. Darling acreditara em Peter Pan na época, mas, agora que era casada e cheia de bom senso, duvidava muito que tal pessoa existisse.

– Além do mais – ela disse para Wendy –, ele já deve ter ficado grande.

– Ah, não, ele não é grande – garantiu Wendy, com toda a segurança. – É exatamente do meu tamanho.

Ela quis dizer que Peter era do seu tamanho tanto em termos de mente quanto em termos de corpo. Wendy não sabia como sabia disso; só que sabia.

A sra. Darling consultou o sr. Darling, mas ele deu um sorriso de pouco-caso.

– Pode ter certeza – disse ele – que isso é alguma bobagem que a Naná está enfiando na cabeça deles. É exatamente o tipo de ideia que um cachorro teria. Deixe isso quieto, que vai passar.

Mas não passou; e logo aquele menino levado deu um tremendo susto na sra. Darling.

As crianças vivem as maiores aventuras sem se perturbar. Por exemplo, elas podem se lembrar de comentar, uma semana após o evento ter acontecido, que quando estavam passeando em meio às árvores encontraram seu falecido pai e brincaram muito com ele. Foi dessa maneira casual que Wendy, certa manhã, fez uma revelação inquietante. Foram encontradas no chão do quarto das crianças algumas folhas de árvore que certamente não estavam ali quando elas tinham ido dormir, e a sra. Darling estava observando as folhas, intrigada, quando Wendy disse com um sorriso tolerante:

– Acho que foi o Peter de novo!

– Do que você está falando, Wendy?

– Foi muito feio ele não ter varrido as folhas – disse Wendy, suspirando. Ela era uma menina muito organizada.

Wendy explicou, com a maior tranquilidade, que achava que Peter às vezes entrava no quarto à noite, sentava no pé de sua cama e tocava flauta para ela. Infelizmente, Wendy nunca acordava, e por isso não sabia como sabia, só que sabia.

– Que bobagem, minha linda. Ninguém pode entrar na casa sem bater à porta antes.

– Acho que ele entra pela janela – explicou Wendy.

– Meu amor, o quarto fica no terceiro andar.

– As folhas não estavam bem na frente da janela, mãe?

Isso era verdade; as folhas haviam sido encontradas bem perto da janela.

A sra. Darling não sabia o que pensar, pois tudo parecia tão natural para Wendy que ela não podia deixar o assunto para lá, dizendo que devia ter sido um sonho.

– Minha filha! – exclamou a mãe. – Por que você não me falou isso antes?

– Eu esqueci – respondeu Wendy, despreocupada, na pressa de tomar seu café da manhã.

Ah, com certeza ela devia ter sonhado.

Mas, por outro lado, lá estavam as folhas. A sra. Darling as examinou com cuidado; eram esqueletos de folha,[12] mas ela tinha certeza de que não vinham de nenhuma árvore existente na Inglaterra. A sra. Darling se pôs de joelhos no chão e, usando uma vela, tentou encontrar pegadas feitas por um pé estranho. Enfiou o atiçador da lareira na chaminé e sacudiu-o de um lado para o outro. Deu batidinhas nas paredes. Deixou cair a ponta de uma fita métrica pela janela e viu que dali até o chão era uma distância de quase dez metros, e não havia nem um raminho pelo qual fosse possível escalar.

Com certeza Wendy tinha sonhado.

Mas Wendy não tinha sonhado, como foi provado na noite seguinte: a noite em que se pode dizer que as aventuras extraordinárias dessas crianças começaram.

Na noite à qual nos referimos, todas as crianças estavam de novo na cama. Por acaso era a folga de Naná, e a sra. Darling dera banho em cada um e cantara para todos até que, um por um, eles haviam soltado sua mão e deslizado para a terra dos sonhos.

Todos os três pareciam tão quentinhos e seguros que a sra. Darling sorriu ao lembrar de seus temores e se sentou tranquilamente perto do fogo para costurar.

---

12. Fazer esqueletos de folhas era um passatempo de donas de casa da Inglaterra vitoriana. As folhas eram embebidas em água da chuva para amolecerem e seus veios ficarem ressaltados. Depois eram escovadas, o que eliminava toda a superfície da folha, restando apenas os veios. O produto final podia ser pintado e utilizado em decorações para a casa.

PETER FLEW IN

Peter entra em cena.

Ela estava fazendo algo para Miguel, que ia passar a usar camisas de menino crescido quando fizesse aniversário. Mas o fogo estava quente, o quarto das crianças estava banhado pelo brilho suave das três luzinhas de cabeceira, e logo a sra. Darling esqueceu a costura sobre o colo. Então, com muita graça, sua cabeça pendeu. Ela havia adormecido. Olhe só para eles quatro, para Wendy e Miguel ali, João aqui e a sra. Darling perto do fogo. Deviam ter acendido uma quarta luzinha para ela.

Ao dormir, ela sonhou. Sonhou que a Terra do Nunca chegara perto demais, e que um menino estranho saíra de lá. Ele não a assustou, pois ela achava que já o tinha visto antes, nos rostos de muitas mulheres que não têm filhos. Talvez ele possa ser encontrado nos rostos de algumas mães também. Mas, no sonho da sra. Darling, o menino rasgara o véu que esconde a Terra do Nunca, e ela viu Wendy, João e Miguel espiando pelo buraco.

O sonho por si só não teria sido nada, mas, quando a sra. Darling estava sonhando, a janela se abriu com toda a força, e um menino caiu mesmo no chão do quarto. Ele estava acompanhado por uma estranha luz, menor que um punho fechado, que disparou pelo cômodo como se estivesse viva; e eu acho que deve ter sido essa luz que acordou a sra. Darling.

Ela deu um pulo e um grito, viu o menino e, de alguma maneira, soube imediatamente que era Peter Pan. Se você, eu ou Wendy houvéssemos estado lá, teríamos visto que ele era muito parecido com o beijo da sra. Darling. Era um menino lindo que usava uma roupa feita de esqueletos de folha e da seiva que escoa das árvores; mas o mais fascinante nele era que ainda tinha todos os dentes de leite. Quando ele viu que a sra. Darling era adulta, rangeu para ela aquelas perolazinhas.

2

A sombra

A SRA. DARLING DEU UM GRITO E, como em resposta a uma campainha, a porta se abriu, e Naná surgiu, de volta de sua noite de folga. Ela rosnou e pulou no menino, que saltou com agilidade pela janela. A sra. Darling deu outro grito, dessa vez de preocupação, pois achou que ele havia morrido. Ela correu para a rua para procurar pelo corpinho, mas ele não estava lá. A sra. Darling olhou para cima e, na noite escura, só conseguiu ver algo que achou ser uma estrela cadente.

Ela voltou para o quarto das crianças e encontrou Naná com algo na boca, que descobriu ser a sombra do menino.[13] Quando ele pulara da janela, Naná a fechara bem depressa. Não havia conseguido pegar o menino, mas sua sombra não teve tempo de escapar; a janela fechou num golpe e cortou a sombra fora.

Pode ter certeza de que a sra. Darling examinou a sombra com cuidado, mas ela era das mais comuns.

Naná não teve dúvida de qual era a melhor coisa a fazer com a sombra. Ela pendurou-a na janela, querendo dizer: "O menino com certeza vai voltar para pegar; vamos colocar num lugar onde seja fácil para ele alcançar sem precisar incomodar as crianças."

Mas, infelizmente, a sra. Darling não podia deixar a sombra pendurada na janela; ela parecia demais com uma roupa no varal, e dei-

13. A sombra, por vezes, é utilizada na literatura como metáfora para a manifestação da alma. É deste modo que figura nos contos "Sombra – uma parábola" (1835), de Edgar Allan Poe (1809-49), e em "O pescador e a sua alma" (1888), de Oscar Wilde (1854-1900).

xava a casa toda menos elegante. Pensou em mostrá-la ao sr. Darling, mas ele estava calculando quanto ia custar para comprar casacos de inverno para João e Miguel, com uma toalha molhada em volta da cabeça para manter a cuca fresca, e ela achou que não devia incomodá-lo. Além do mais, sabia exatamente o que ele ia dizer: "É o que dá ter um cachorro de babá."

Assim, decidiu dobrar a sombra e guardá-la bem guardada numa gaveta, até que surgisse uma oportunidade adequada para falar naquele assunto com o marido. Ah, meu Deus!

A oportunidade surgiu uma semana depois, naquela sexta-feira que jamais seria esquecida. É claro que foi numa sexta-feira.

– Eu devia ter tomado mais cuidado do que o normal numa sexta-feira – disse a sra. Darling muitas vezes depois, talvez com Naná ao seu lado, segurando sua mão.

– Não, não – respondia sempre o sr. Darling. – A culpa foi minha. Fui eu, Jorge Darling, quem causou isso. *Mea culpa, mea culpa*[14] – ele havia estudado latim no colégio.

Era assim que eles ficavam, noite após noite, se lembrando daquela sexta-feira fatal, até que cada detalhe dela estivesse impresso em suas mentes até aparecer do outro lado, como acontece com as moedas mal cunhadas.

– Ah, se eu não tivesse aceitado aquele convite para jantar na casa 27... – disse a sra. Darling.

– Ah, se eu não tivesse derramado meu remédio na tigela da Naná... – disse o sr. Darling.

"Ah, se eu tivesse fingido ter gostado do remédio...", diziam os olhos molhados de Naná.

– Foi o meu gosto pelas festas, Jorge.

– Foi o meu talento fatal para o humor, querida.

"Foi essa minha mania de implicar com detalhes, queridos patrões."

---

14. Expressão latina oriunda da prece *Confiteor*, da Igreja Católica. Significa "minha culpa".

Então, um deles, ou dois, ou até os três desatavam a chorar. Naná chorava mais quando pensava: "É verdade, é verdade, eles não tinham que ter um cachorro de babá." Muitas vezes, era o sr. Darling quem enxugava as lágrimas dela.

– Aquele demônio! – exclamava o sr. Darling.

Naná latia concordando, mas a sra. Darling nunca ofendia Peter; havia algo no cantinho direito de sua boca que não queria que ela o xingasse.

Eles ficavam sentados no quarto vazio das crianças, lembrando ternamente de cada mínimo detalhe daquela noite terrível. Ela começara de forma tão monótona, igualzinha a centenas de outras noites, com Naná enchendo a banheira de água para o banho de Miguel e carregando-o nas costas até ela.

– Não vou para a cama! – gritara Miguel, como quem ainda acredita ter a última palavra no assunto. – Não vou, não vou! Naná, não são nem seis horas. Cuidado que eu não vou mais gostar de você, Naná! Não vou tomar banho, não vou, não vou!

Então a sra. Darling entrara, usando seu vestido branco de sair à noite. Ela ficara pronta mais cedo porque Wendy adorava vê-la com seu vestido chique e com o colar que Jorge lhe dera. E estava usando o bracelete de Wendy, pois o pedira emprestado a ela. Wendy adorava emprestar seu bracelete para a mãe.

Ela encontrara os dois filhos mais velhos fingindo ser a mamãe e o papai no dia em que Wendy nascera, e João estava dizendo:

– Fico feliz de lhe informar, sra. Darling, que a senhora agora é mãe.

Ele usara exatamente o tom de voz que o sr. Darling usaria naquela situação. E Wendy estava dançando de alegria, exatamente como a sra. Darling teria feito.

Então foi a vez de João nascer, com a pompa extra que ele imaginava ser necessária para a chegada de um menino. E, quando Miguel foi para o quarto depois de ter tomado banho, pediu para nascer também. Mas João cruelmente disse que eles não queriam ter mais filhos, e Miguel quase caiu no choro.

– Ninguém me quer – disse ele, e é claro que a senhora de vestido chique não ia permitir isso.

– Eu quero – disse ela. – Quero muito um terceiro filho.

– Menino ou menina? – perguntou Miguel, sem muita esperança.

– Menino.

Então ele se atirou no abraço dela. Era um detalhe tão pequeno para o sr. e a sra. Darling e Naná se lembrarem, mas que não ficava tão pequeno assim se aquela fosse ser a última noite de Miguel no quarto das crianças.

Eles continuavam a se recordar.

– Foi aí que eu entrei como um tufão, não foi? – dizia o sr. Darling, sentindo desprezo por si mesmo.

E ele havia mesmo entrado como um tufão.

Talvez haja uma desculpa para o comportamento do sr. Darling. Ele também estava se arrumando para a festa, e tudo tinha ido bem até chegar a hora da gravata. É um segredo espantoso de se revelar, mas esse homem, embora entendesse tudo de ações e fundos de investimento, não sabia muito bem como dar o nó de sua gravata. Às vezes ela se rendia a ele sem dar um pio, mas havia ocasiões em que teria sido melhor para os outros moradores da casa se ele houvesse engolido seu orgulho e usado uma gravata dessas que já vêm com o nó dado.

Essa foi uma ocasião assim. O sr. Darling entrou a toda no quarto das crianças com a maldita gravata toda amassada na mão.

– Nossa, qual é o problema, papai?

– Problema! – gritou ele, e gritou mesmo. – Essa gravata se recusa a ficar direita! – explicou, tornando-se perigosamente sarcástico. – Em volta do meu pescoço, não! Só em volta da coluna da cama! Ah, sim, eu fiz vinte vezes o nó direitinho com ela em volta da coluna da cama, mas em volta do pescoço, não! Dai-me forças! Essa gravata não toma vergonha!

O sr. Darling achou que a sra. Darling não havia ficado suficientemente impressionada e continuou, num tom muito severo:

– Esteja avisada, querida, que se essa gravata não ficar direita em volta do meu pescoço, nós não vamos sair para jantar hoje, e que se eu não sair para jantar hoje, nunca mais vou ao escritório, e que se eu nunca mais for ao escritório, eu e você vamos passar fome, e nossos filhos vão ser jogados no olho da rua!

Mesmo assim, a sra. Darling continuou tranquila.

– Deixe que eu tento, querido – disse ela.

Na verdade, fora isso mesmo que o sr. Darling viera pedir que ela fizesse; e, com as mãos gentis e calmas, ela deu o nó da gravata enquanto as crianças observavam para ver qual seria o seu destino. Alguns homens teriam se ressentido ao vê-la fazendo aquilo tão facilmente, mas o sr. Darling tinha a natureza refinada demais para sentir tal coisa; ele agradeceu sem muito entusiasmo, esqueceu a raiva na hora e no minuto seguinte estava dançando pelo quarto com Miguel nas costas.

– Como a gente dançou! – dizia a sra. Darling, lembrando.

– Nossa última dança! – gemia o sr. Darling.

– Ah, Jorge, você lembra que o Miguel de repente perguntou para mim "Como foi que você me conheceu, mamãe?"

– Eu lembro!

– Eles eram uns doces, você não acha, Jorge?

– E eram nossos, nossos! E agora desapareceram.

A dança terminou com o surgimento de Naná e, por uma grande infelicidade, o sr. Darling colidiu com ela, cobrindo sua calça de pelos. Essa não apenas era uma calça nova, como era o primeiro par com galão que o sr. Darling jamais tivera, e ele teve que morder o lábio para impedir suas lágrimas de brotarem. É claro que a sra. Darling escovou a calça, mas ele começou a falar de novo que era um erro ter um cachorro de babá.

– Jorge, a Naná é um tesouro.

– Sem dúvida, mas às vezes me dá um receio de que ela ache que as crianças são filhotinhos.

– Ah, não, querido, eu tenho certeza que ela sabe que eles têm alma.

– Não sei, não – disse o sr. Darling, pensativo. – Não sei, não.

A esposa dele achou que aquela era uma boa oportunidade para lhe contar do menino. No início ele não deu bola para a história, mas ficou intrigado quando ela lhe mostrou a sombra.

– Não é de ninguém que eu conheça – disse o sr. Darling, examinando-a cuidadosamente. – Mas parece que é de um safado!

E ao relembrar, o sr. Darling dizia:

– A gente ainda estava discutindo o assunto, lembra? Quando a Naná chegou com o remédio do Miguel. Você nunca mais vai carregar aquele frasco na boca, Naná, e é tudo culpa minha.

Embora ele fosse um homem tão forte, não havia dúvida de que se comportara que nem um bobo por causa do remédio. Se o sr. Darling tinha uma fraqueza, era achar que havia passado a vida inteira tomando remédio sem reclamar; por isso, quando Miguel correu da colher que Naná carregava na boca, ele disse, em tom de bronca:

– Seja homem, Miguel!

– Não tomo, não tomo! – gritou Miguel, malcriado.

A sra. Darling saiu do quarto para pegar um chocolate para ele, e o sr. Darling achou que isso mostrava falta de firmeza.

– Querida, não mime o menino desse jeito – disse ele. – Miguel, quando eu tinha sua idade, tomava remédio sem dar um pio. Eu dizia "Obrigado, gentis pais, por me darem os remédios que vão me deixar bom."

O sr. Darling achava mesmo que isso era verdade. Wendy, que já estava de camisola, acreditava também e, para incentivar Miguel, ela disse:

– Aquele remédio que você toma às vezes é muito pior, não é, papai?

– Muito, muito pior – disse o sr. Darling, corajoso. – E eu o tomaria agora para dar o exemplo a você, Miguel, se não tivesse perdido o vidrinho.

Na verdade, o sr. Darling não tinha perdido o vidrinho; no meio da noite, ele subira até o topo do armário e o escondera ali. O que ele não sabia é que a competente Lisa o encontrara, e o colocara de volta em cima da pia.

– Eu sei onde está, papai! – exclamou Wendy, sempre feliz em ser útil. – Eu trago.

E ela saiu correndo antes que o sr. Darling pudesse impedi-la. No mesmo segundo, ele sentiu um estranho desânimo.

– João – disse o sr. Darling, estremecendo. – É um remédio abominável. É daquele tipo doce, grudento, nojento.

– A tortura não vai durar muito, pai – disse João alegremente, e Wendy veio correndo com o remédio num copo.

– Eu fui e voltei o mais rápido que pude – disse ela, ofegante.

– Você foi mesmo maravilhosamente rápida – retrucou seu pai, com um sarcasmo vingativo que passou despercebido por Wendy. – Primeiro o Miguel – disse ele, teimoso.

– Primeiro o papai – disse Miguel, que tinha uma natureza desconfiada.

– Eu vou passar mal, sabia? – disse o sr. Darling num tom ameaçador.

– Ande logo, pai – disse João.

– Quieto, João – vociferou o pai.

Wendy parecia confusa.

– Achei que você tomava remédio sem o menor problema, papai.

– Essa não é a questão – retrucou o sr. Darling. – A questão é que tem mais remédio no meu copo do que na colher do Miguel – explicou, com o coração orgulhoso quase explodindo. – E não é justo. Eu repetiria isso mesmo que fosse o meu último suspiro. Não é justo.

– Papai, estou esperando – disse Miguel com frieza.

– É muito fácil dizer que está esperando. Eu também estou.

– O papai é um medroso bobo.

– Você que é um medroso bobo.

– Não estou com medo.

– Nem eu.

– Bem, então tome o remédio.

– Bem, então tome você.

Wendy teve uma ideia esplêndida:

– Por que vocês dois não tomam ao mesmo tempo?

– Muito bem – concordou o sr. Darling. – Está pronto, Miguel?

Wendy contou um, dois, três, e Miguel tomou o remédio, mas o sr. Darling jogou o líquido do copo para trás das costas.

Miguel soltou um grito de raiva.

– Ah, papai! – exclamou Wendy.

– O que você quer dizer com "Ah, papai"? – perguntou o sr. Darling. – Pare com esse barulho, Miguel. Eu ia tomar o meu, mas eu... eu errei a mira.

Era horrível a maneira como os três estavam olhando para ele, exatamente como se não o admirassem.

– Olhem aqui, vocês três – disse o sr. Darling num tom suplicante, assim que Naná entrou no banheiro. – Acabei de pensar numa brincadeira ótima. Vou colocar meu remédio na tigela da Naná e ela vai beber, pensando que é leite!

O remédio era da cor do leite; mas as crianças não tinham o senso de humor do pai, e olharam para ele com expressões de reprovação enquanto ele colocava o líquido na tigela de Naná.

– Que engraçado – disse o sr. Darling, sem muita certeza se era mesmo.

Seus filhos não tiveram coragem de dedurá-lo quando a sra. Darling e Naná voltaram para o quarto.

– Naná, sua cachorra boazinha – disse ele, fazendo um carinho nela. – Eu coloquei um pouco de leite na sua tigela.

Naná abanou o rabo, correu até a tigela e começou a tomar o remédio. Então ela olhou para o sr. Darling de uma maneira... Não foi com cara de raiva: ela mostrou a ele aquela imensa lágrima vermelha que os cães têm no canto do olho, e que nos faz sentir tanta pena desses animais tão nobres. Depois, foi se encolher em sua casinha.

O sr. Darling ficou morrendo de vergonha, mas não deu o braço a torcer. Enquanto todos faziam um silêncio horrível, a sra. Darling cheirou a tigela.

– Ah, Jorge! – disse ela. – É o seu remédio!

– Foi só uma brincadeira – rugiu o sr. Darling, enquanto sua esposa consolava os meninos e Wendy dava um abraço em Naná. – Não adianta nada eu me esforçar tanto tentando ser engraçado nesta casa – disse ele amargamente.

Wendy continuou abraçada a Naná.

– Isso mesmo! – gritou o sr. Darling. – Mimem a Naná! Ninguém me mima. Ah, não! Eu sou só quem ganha o pão desta casa, por que deveria ser mimado? Por que, por quê?

– Jorge, não fale tão alto – suplicou a sra. Darling. – A criadagem vai ouvir.

Sem querer, eles tinham se habituado a chamar Lisa de "a criadagem".

– Que ouçam – disse ele ousadamente. – Pode trazer o mundo inteiro para ouvir! Mas eu me recuso a deixar que esse cachorro cuide dos meus filhos por mais um minuto.

As crianças choraram, e Naná correu até o sr. Darling, implorando, mas ele a afastou com um gesto. Sentia que era um homem forte de novo.

– Não adianta, não adianta – disse ele. – O seu lugar é no quintal e você vai ficar amarrada lá agora mesmo.

– Jorge, Jorge – sussurrou a sra. Darling. – Lembre o que eu falei sobre aquele menino.

Infelizmente, o sr. Darling não queria escutar. Ele estava determinado a mostrar quem mandava naquela casa e, quando suas ordens não fizeram Naná sair da casinha, ele a atraiu de lá de dentro com palavras doces e, agarrando-a com força, arrastou-a para fora do quarto das crianças. Sentiu vergonha do que estava fazendo, mas fez mesmo assim. Era tudo por causa de seu temperamento afetuoso demais, que necessitava de admiração. Após ter amarrado Naná no quintal dos fundos, o infeliz pai se sentou no saguão da casa, e enxugou os olhos com os nós dos dedos.

Enquanto isso, a sra. Darling pôs na cama as crianças, que estavam extraordinariamente quietas, e acendeu as luzinhas que deixava para elas à noite. Elas ouviram Naná latindo, e João gemeu:

– É porque ela está amarrada no quintal.

Mas Wendy foi mais sábia.

– Esse não é o latido de tristeza da Naná – ela disse, sem ter ideia do que estava prestes a acontecer. – É o latido de quando ela sente cheiro de perigo.

Perigo!

– Tem certeza, Wendy?

– Ah, tenho.

A sra. Darling estremeceu e foi até a janela. Estava bem trancada. Ela espiou lá fora e viu a noite salpicada de estrelas. Elas estavam se aproximando da casa, como se estivessem curiosas para ver o que ia acontecer. Mas a sra. Darling não notou, e nem percebeu que uma ou duas das menores piscaram para ela. Mesmo assim, um medo indefinido apertou seu coração e a fez exclamar:

– Ah, como eu queria não ter que ir a uma festa hoje!

Até Miguel, que já estava meio dormindo, percebeu que sua mãe estava perturbada e perguntou:

– Tem alguma coisa que pode nos fazer mal depois que as luzinhas estão acesas, mamãe?

– Nada, meu amor – disse ela. – Essas luzinhas que ficam acesas de noite são os olhos que uma mãe deixa para trás para cuidar dos filhos.

Ela foi de cama em cama cantando encantamentos para cada um deles, e o pequeno Miguel a enlaçou.

– Mamãe, que bom que você existe! – exclamou ele.

Essas foram as últimas palavras que a sra. Darling ia ouvir de Miguel durante um longo tempo.

O número 27 ficava a apenas alguns metros de distância, mas havia caído um pouco de neve mais cedo, e o sr. e a sra. Darling tiveram que desviar cuidadosamente das poças para não molhar os sapatos. Eles eram as duas únicas pessoas na rua, e todas as estrelas os observavam. As estrelas são lindas, mas elas não podem se envolver em nada, precisam sempre ficar só olhando. É um castigo que receberam por causa de algo que fizeram há tanto tempo que nenhuma delas lembra mais o que foi. Por isso, as mais velhas ficam com os olhos vidrados e quase nunca falam (piscar é a língua das estrelas), mas as mais novinhas ainda se perguntam o porquê das coisas. As estrelas não são muito amigas de Peter, que tem uma mania de se aproximar de mansinho por trás delas e tentar apagá-las com um sopro; mas elas gostam tanto de se divertir que estavam do lado dele esta noite, ansiosas para tirar os adultos do caminho. Portanto, assim que a porta do número 27 fechou atrás do sr. e da sra. Darling, houve uma comoção no firmamento e a menor das estrelas da Via Láctea gritou:

– Agora, Peter!

3

Vamos, vamos![15]

Após o sr. e a sra. Darling terem saído de casa, por um momento as luzinhas que ficavam ao lado das camas das três crianças continuaram bem acesas. Eram luzinhas muito simpáticas, e é impossível não lamentar que não tenham conseguido ficar acordadas para ver Peter; mas a luzinha de Wendy piscou e deu um bocejo tão grande que as outras duas bocejaram também e, antes que fechassem as bocas, todas as três estavam apagadas.

Havia outra luz ali agora, mil vezes mais forte que as luzinhas e, no tempo que eu levei para dizer essa frase, ela já entrara em todas as gavetas do quarto das crianças, vasculhara o armário e virara todos os bolsos do avesso, procurando pela sombra de Peter. Não era uma luz, na verdade; ela emitia sua luz ao se mover tão rápido quanto um raio, mas, quando parava um segundo, você via que era uma fada. Não era muito maior do que a sua mão, mas ainda estava crescendo. Era uma menina chamada Sininho, com uma linda roupinha feita do esqueleto de uma folha cortada bem curtinha e reta, e que lhe caía muito bem, embora ela tendesse levemente ao *embonpoint*.[16]

---

15. O título do capítulo faz eco ao nono verso do poema "The Stolen Child" (A criança roubada), do livro *The Wanderings of Oisin and Other Poems* (1889) do escritor irlandês William Butler Yeats (1865-1939): "Come away, O human child!" (Vinde, ó crianças!). O poema retrata crianças que, de mãos dadas com fadas, chegam a uma frondosa ilha longe dos problemas do mundo.
16. Em francês no original: condição do homem ou animal bem nutrido, gordo, bem fornido, "cheinho".

Um segundo depois da entrada da fada, a janela abriu com toda a força graças a um sopro das estrelinhas e Peter caiu dentro do quarto. Ele carregara Sininho durante parte do trajeto e suas mãos ainda estavam sujas de poeira de fada.

– Sininho – chamou ele baixinho, após se certificar de que as crianças estavam dormindo. – Si, cadê você?

Ela se encontrava dentro de uma jarra de água naquele momento, e estava gostando muito dali; nunca havia estado dentro de uma jarra antes.

– Ah, saia logo dessa jarra e me conte, você sabe onde eles colocaram a minha sombra?

A resposta foi o mais lindo tilintar, parecido com o dos sinos de ouro. Tal é a língua das fadas. Vocês, crianças comuns, não conseguem ouvir. Mas, se conseguissem, iam saber que já ouviram antes.

Sininho disse que a sombra estava na caixona. Ela estava falando da cômoda, e Peter pulou em suas gavetas, espalhando tudo o que havia lá dentro pelo chão com ambas as mãos, como um rei atirando moedas para a multidão. Num segundo ele recuperou a sombra e ficou tão contente que esqueceu que fechara Sininho numa das gavetas.

Acho que Peter nem chegou a pensar no assunto, mas, se pensou, achou que ele e sua sombra iam se juntar como duas gotas de água simplesmente por estarem perto um do outro. Quando isso não aconteceu, ele ficou horrorizado. Tentou grudar a sombra com o sabonete que tinha no banheiro, mas isso também não deu certo. Peter sentiu um calafrio, sentou no chão e começou a chorar.

Seus soluços acordaram Wendy, e ela sentou na cama. Não ficou assustada ao ver um estranho chorando no chão do quarto; sentiu apenas um agradável interesse por ele.

– Ei, menino – disse educadamente –, por que você está chorando?

Peter também sabia ser bastante cortês, pois havia aprendido boas maneiras nas cerimônias das fadas. Ele se levantou e fez uma linda mesura para Wendy. Ela gostou muito e fez uma linda mesura para ele da cama.

– Qual é o seu nome? – perguntou Peter.

– Wendy Moira Ângela Darling – respondeu Wendy, com alguma satisfação. – E o seu?

– Peter Pan.

Wendy já tinha certeza de que aquele só podia ser Peter, mas mesmo assim achou o nome comparativamente pequeno.

– Só isso?

– Só – respondeu Peter, um pouco irritado.

Pela primeira vez, achou que fosse um nome meio pequeno, mesmo.

– Desculpe – disse Wendy Moira Ângela.

– Não tem problema – soluçou Peter.

Ela perguntou onde ele morava.

– Segunda à direita[17] – disse Peter –, e depois direto até amanhã de manhã.

– Que endereço engraçado!

Peter ficou chateado. Pela primeira vez, achou que talvez fosse um endereço engraçado, mesmo.

– Não é, não – disse ele.

– O que eu quis dizer foi o seguinte: é assim que eles escrevem nas cartas? – disse Wendy num tom bastante simpático, lembrando que era a anfitriã.

Peter não gostou de ela ter mencionado cartas.

– Não recebo nenhuma carta – disse ele com desprezo.

– Mas sua mãe recebe, não é?

– Não tenho mãe – disse Peter.

Ele não apenas não tinha mãe, como não tinha a menor vontade de ter uma. Achava que todo mundo dava uma importância exagerada para as mães. Wendy, no entanto, imediatamente achou que estava diante de uma tragédia.

---

17. Quando um dos grandes amigos de James Barrie, o escritor escocês Robert Louis Stevenson, o convidou para visitá-lo em sua casa em Upolu (uma das ilhas do arquipélago de Samoa), as instruções foram "pegue o barco para São Francisco e minha casa é a segunda à esquerda".

– Ah, Peter, não é à toa que você estava chorando! – disse ela, pulando da cama e correndo para perto dele.

– Eu não estava chorando por causa de mãe nenhuma! – disse Peter, indignado. – Estava chorando porque não consigo fazer minha sombra grudar de volta. Além do mais, eu não estava chorando.

– Ela saiu?

– Saiu.

Então Wendy viu a sombra no chão, tão amarfanhada, e ficou com muita pena de Peter.

– Que horror! – disse ela.

Mas não conseguiu deixar de sorrir quando viu que ele havia tentado grudá-la com sabonete. Típico de um menino!

Por sorte, Wendy imediatamente soube o que fazer.

– Você vai ter que costurar a sombra – disse ela, com um certo ar de superioridade.

– O que é costurar? – perguntou Peter.

– Você é tão ignorante.

– Não sou, não.

Mas Wendy estava exultante com aquela ignorância.

– Vou costurar a sombra para você, rapazinho – disse ela, embora Peter fosse da sua altura; e pegou sua caixinha de costura e remendou a sombra ao pé de Peter. – Acho que vai doer um pouco – avisou.

– Ah, eu não vou chorar – disse Peter, que já estava acreditando que nunca havia chorado na vida.

Ele cerrou os dentes e não chorou; e logo sua sombra estava se comportando direitinho, embora ainda estivesse um pouco amassada.

– Talvez eu devesse ter passado a sombra a ferro – disse Wendy, pensativa.

Mas Peter, bem como os meninos fazem, era indiferente à aparência, e estava agora pulando de um lado para o outro na maior felicidade. Infelizmente, ele já esquecera que devia sua alegria a Wendy. Achava que ele mesmo tinha grudado a sombra.

– Como sou esperto! – vangloriou-se, num verdadeiro êxtase. – Ah, como é grande a minha esperteza!

É humilhante ter que confessar que essa arrogância de Peter era uma de suas qualidades mais fascinantes. Para falar com total franqueza, nunca existiu um menino mais arrogante nesse mundo.

Mas, naquele primeiro momento, Wendy ficou chocada com isso.

– Seu metido! – exclamou ela. – É claro que eu não fiz nada! – completou, com muito sarcasmo.

– Você ajudou um pouco – disse Peter, despreocupado, continuando a dançar.

– Um pouco! – retrucou Wendy com altivez. – Já que não sirvo para nada, então posso me retirar – e deu um pulo muito elegante até a cama, cobrindo a cabeça com as cobertas.

Para tentar convencê-la a tirar a cabeça dali, Peter fingiu que estava indo embora e, quando isso deu errado, sentou na pontinha da cama e cutucou-a de leve com o pé.

– Wendy – disse ele –, não se retire. Não consigo deixar de contar vantagens quando estou feliz, Wendy.

Ainda assim, ela continuou debaixo das cobertas, embora estivesse ouvindo com muita atenção.

– Wendy – continuou Peter, num tom de voz ao qual nenhuma mulher jamais foi capaz de resistir –, Wendy, uma menina vale mais do que vinte meninos.

Bem, o fato é que Wendy era uma mulher em cada centímetro de seu ser, embora esses centímetros não fossem muitos, e ela deu uma espiada para fora das cobertas.

– Você acha mesmo, Peter?

– Acho.

– Pois eu acho você um amor – declarou Wendy. – Vou me levantar de novo.

E ela sentou ao lado dele na pontinha da cama. Também disse que lhe daria um beijo se ele quisesse, mas Peter não sabia o que isso queria dizer e estendeu a mão, ansioso.

– Não é possível que você não saiba o que é um beijo! – disse Wendy, escandalizada.

– Vou saber quando você me der um! – respondeu Peter, irritado.

Sem querer magoá-lo, Wendy lhe deu um dedal.[18]

– E agora, que tal eu lhe dar um beijo? – perguntou Peter.

Wendy respondeu, um pouco envergonhada:

– Por favor.

Ela foi até meio oferecida, aproximando a bochecha de Peter. Mas ele apenas arrancou um dos botões da roupa, feito de bolota de carvalho, e colocou na mão dela. Assim, Wendy retornou devagar o rosto para a posição em que estava antes, e disse simpaticamente que usaria o beijo no pescoço, preso a um cordão. Foi uma sorte ela ter usado mesmo esse cordão, pois mais tarde ele iria salvar sua vida.

Quando as pessoas são apresentadas, o costume é que uma pergunte à outra qual é a idade dela. Por isso Wendy, que sempre gostava de fazer tudo da maneira correta, perguntou a Peter quantos anos ele tinha. Ele não gostou muito de ouvir essa pergunta; foi como chegar à escola e saber que a prova vai ser sobre gramática, sendo que você estudou história.

– Não sei – respondeu Peter, sem jeito. – Mas eu sou bem novinho.

Na verdade, ele não tinha ideia. Só suspeitava. Mas disse, num impulso:

– Wendy, eu fugi de casa no dia em que nasci.

Wendy ficou bastante surpresa, mas também interessada; e indicou, da maneira tão charmosa que as moças mais bem-educadas usam – tocando sua camisola –, que Peter podia se sentar mais perto dela.

– Foi porque eu escutei meu pai e minha mãe falando sobre o que eu ia ser quando virasse adulto – explicou Peter baixinho.

Ele ficou bastante agitado.

– Não quero nunca ser adulto! – disse, com raiva. – Quero sempre ser criança e me divertir. Por isso, fugi para o Kensington Gardens[19] e vivi muito tempo com as fadas.

---

18. Em *Artful Dodgers: Reconceiving the Golden Age of Children's Literature* (2009), de Marah Gubar, existe o relato de que, nas primeiras exibições da peça, várias crianças atiravam dedais no palco durante esta passagem.

19. Em *Peter Pan em Kensington Gardens*, James Barrie explica que Peter escapou de tornar-se humano aos sete dias de idade, quando, ao avistar as árvores do Kensington

Wendy olhou-o com intensa admiração e Peter achou que era porque ele tinha fugido, mas, na verdade, era porque ele conhecia fadas. Wendy vivera uma vida tão caseira que, para ela, conhecer fadas parecia uma coisa maravilhosa. Ela desatou a fazer perguntas sobre as fadas, para surpresa de Peter, que as achava muito chatas, sempre o atrapalhando. Às vezes, até tinha que dar umas palmadas nelas. No entanto, gostava de fadas em geral, e contou a Wendy como foi o começo delas.

– Sabe, Wendy, quando o primeiro bebê riu pela primeira vez, o riso dele quebrou em milhares de pedaços e todos eles saíram pulando, e esse foi o começo das fadas.

Não era uma história muito interessante, mas, como Wendy não saía muito de casa, ela gostou.

– Por isso – continuou Peter, simpático –, devia existir uma fada para cada menino e para cada menina.

– Devia existir? Mas não existe?

– Não. As crianças sabem de tanta coisa hoje em dia que logo param de acreditar nas fadas. E toda vez que uma criança diz "Eu não acredito em fadas", uma fada cai morta em algum lugar.

Bom, Peter achou que agora eles já tinham falado demais nas fadas, e ele percebeu que Sininho estava muito quieta.

– Não sei onde ela se meteu – disse, se levantando e chamando por Sininho.

Wendy sentiu um arrepio de excitação.

– Peter! – exclamou ela, agarrando-o. – Quer dizer que tem uma fada aqui dentro deste quarto?[20]

– Ela estava aqui faz pouco tempo – disse Peter com certa impaciência. – Você não está ouvindo a Sininho falar, está?

Os dois ficaram escutando.

– Só estou ouvindo um barulhinho como o de um sino – disse Wendy.

Gardens, esqueceu que era um bebê de pijama e saiu voando por cima das casas em direção ao parque.

20. A exclamação de Wendy talvez não seja de empolgação: na tradição popular, as fadas costumam roubar as crianças.

– É a Sininho, essa é a língua das fadas. Acho que estou ouvindo também.

O som vinha da cômoda, e Peter fez uma cara alegre. Ninguém conseguia ficar tão alegre quanto Peter, e sua risada fazia um barulho lindo, parecido com o de um riacho correndo. Ele ainda tinha sua primeira risada.

– Wendy – sussurrou Peter, achando graça –, acho que a tranquei numa das gavetas da cômoda!

Ele abriu a gaveta para que a pobre Sininho saísse, e ela voou pelo quarto todo, gritando de fúria.

– Você não devia dizer essas coisas – retrucou Peter. – É claro que eu sinto muito, mas como podia saber que você estava na gaveta?

Wendy nem estava escutando o que ele dizia.

– Ah, Peter! – exclamou ela. – Se ela pudesse ficar parada, para eu ver como ela é!

– Elas quase nunca ficam paradas – disse Peter.

Mas, por um segundo, Wendy viu a encantadora fadinha pousar no relógio cuco.

– É linda! – exclamou Wendy, embora Sininho ainda estivesse fazendo uma careta de raiva.

– Sininho – disse Peter cordialmente –, essa moça aqui está dizendo que queria que você fosse a fada dela.

Sininho deu uma resposta insolente.

– O que ela falou, Peter?

Ele teve que traduzir.

– Ela não é muito educada. Disse que você é uma menina muito feia, e que ela é minha fada.

Peter tentou argumentar.

– Você sabe que não pode ser minha fada, Si, pois eu sou menino e você é menina.

Ao que Sininho respondeu dizendo:

– Seu imbecil! – e desapareceu para dentro do banheiro.

– É uma fada bastante ordinária – explicou Peter, tentando dar uma desculpa por Sininho. – Ela conserta panelas e chaleiras.

Eles agora estavam sentados juntos na poltrona, e Wendy continuou interrogando Peter.

– Se você não mora mais no Kensington Gardens...

– Às vezes, ainda moro.

– Mas onde você mora a maior parte do tempo agora?

– Com os meninos perdidos.

– Quem são eles?

– São as crianças que caem dos carrinhos quando as babás estão distraídas. Se ninguém vai buscar essas crianças em sete dias, elas são mandadas para um lugar bem longe, a Terra do Nunca, para ajudarem nas despesas. Eu sou o capitão.

– Deve ser tão legal!

– É – disse o esperto Peter –, mas a gente se sente muito sozinho. Sabe, não temos nenhuma menina para nos fazer companhia.

– Nenhum deles é menina?

– Ah, não. Você sabe, as meninas são inteligentes demais para caírem dos carrinhos.

Isso deixou Wendy muito lisonjeada.

– Acho um amor o jeito como você fala das meninas. O João ali nos despreza.

A reação de Peter foi se levantar e chutar João para fora da cama, com coberta e tudo; num chute só. Wendy achou que aquilo era um certo abuso para um primeiro encontro, e falou num tom enérgico que ele não era capitão da sua casa. No entanto, João continuou a dormir tão sossegado no chão que ela deixou que ele continuasse ali.

– E eu sei que você quis ser bonzinho – disse Wendy, perdoando. – Por isso, pode me dar um beijo.

Por um instante, ela havia esquecido que Peter não sabia o que era beijo.

– Achei mesmo que você ia querer de volta – disse ele com rancor, lhe oferecendo o dedal de volta.

– Ai, nossa – disse Wendy, que não queria magoá-lo. – Não quis dizer um beijo. Quis dizer um dedal.

– O que é isso?

– É assim – ela deu um beijo nele.

– Que engraçado! – disse Peter, muito sério. – E, agora, eu também lhe dou um dedal?

– Se você quiser – disse Wendy, mantendo a cabeça ereta dessa vez.

Peter lhe deu um "dedal" e, quase no mesmo segundo, ela soltou um grito.

– O que foi, Wendy?

– Parece que alguém puxou o meu cabelo.

– Deve ter sido a Sininho. Nunca vi essa fada se comportar tão mal.

E Sininho estava mesmo voando de um lado para o outro e falando coisas feias.

– Ela disse que vai fazer isso com você toda vez que eu lhe der um dedal, Wendy.

– Mas por quê?

– Por que, Sininho?

De novo, Sininho respondeu:

– Seu imbecil!

Peter não entendeu nada, mas Wendy, sim. E ela ficou só um pouquinho desapontada quando ele admitiu que havia se aproximado da janela do quarto das crianças não para vê-la, mas para ouvir as histórias.

– Sabe, não conheço história nenhuma. Nenhum Menino Perdido conhece história nenhuma.

– Que coisa mais horrível! – disse Wendy.

– Você sabe por que as andorinhas fazem ninho nos beirais dos telhados das casas? É para ouvir as histórias. Ah, Wendy, sua mãe estava lhe contando uma história tão linda!

– Que história era?

– Sobre um príncipe que não conseguia encontrar a moça que usou o sapatinho de cristal.

– Peter! – disse Wendy, animada. – Essa era a Cinderela, e ele a encontrou, e os dois viveram felizes para sempre.

Peter ficou tão feliz que se levantou do chão, onde os dois estavam sentados, e correu até a janela.

– Aonde você vai? – exclamou ela, preocupada.

– Contar para os outros meninos.

– Não vá embora, Peter – pediu Wendy. – Eu sei tantas histórias!

Essas foram suas palavras exatas, por isso é impossível negar que foi ela quem o tentou primeiro.

Peter voltou, e agora havia uma cobiça em seus olhos que deveria ter assustado Wendy, mas ela não se espantou.

– Ah, as histórias que eu poderia contar para os meninos! – exclamou ela.

Peter a agarrou e começou a arrastá-la até a janela.

– Ei, me solte! – exigiu Wendy.

– Wendy, venha comigo e conte as histórias para os outros meninos.

É claro que ela adorou o convite, mas disse:

– Ah, mas eu não posso. Pense na mamãe! Além do mais, não sei voar.

– Eu ensino.

– Ah, que delícia poder voar!

– Eu ensino você a pular no lombo do vento e a gente vai embora.

– Ai! – exclamou Wendy, extasiada.

– Wendy, Wendy, em vez de ficar deitada nessa cama boba, você pode vir voar comigo e dizer coisas engraçadas para as estrelas.

– Ai!

– E Wendy, lá tem sereias.

– Sereias! Com cauda?

– Caudas enormes.

– Ah, como seria legal ver uma sereia! – exclamou ela.

Peter estava ficando cada vez mais esperto.

– Wendy, a gente ia lhe respeitar tanto... – disse ele.

Ela estava se remexendo toda de agonia. Era como se estivesse tentando ficar presa ao chão do quarto. Mas Peter não teve dó dela.

– Wendy – disse o safado –, você ia poder ajeitar nossas cobertas à noite.

– Ai!

– Ninguém nunca ajeitou nossas cobertas.

– Ai! – disse Wendy, estendendo os braços para ele.

– E você ia poder costurar nossas roupas e fazer bolsos nelas. Nós não temos bolso.

Como Wendy poderia resistir?

– É mesmo muito fascinante! – exclamou ela. – Peter, você ensina o João e o Miguel a voarem também?

– Se você quiser – disse Peter com indiferença.

Wendy correu para João e Miguel e os sacudiu.

– Acordem! O Peter Pan está aqui, e ele vai ensinar a gente a voar!

João esfregou os olhos.

– Então vou levantar – disse, e é claro que já estava de pé. – Pronto! Já acordei!

Miguel também já estava acordado, e mais aceso do que seis lâmpadas e um farol. Mas Peter subitamente fez um gesto exigindo silêncio. Os rostos de todos ficaram com aquela expressão astuciosa que as crianças fazem quando estão tentando escutar algum barulho vindo do mundo dos adultos. Estava um silêncio de igreja. Então, tudo certo. Não, esperem! Tudo errado. Naná, que vinha latindo desesperadamente a noite toda, estava quieta agora. Fora o silêncio dela que eles haviam escutado.

– Apague a luz! Vamos nos esconder! Rápido! – disse João, assumindo o papel de líder pela única vez ao longo de toda a aventura.

Portanto, quando Lisa entrou segurando Naná, o quarto das crianças estava com o mesmo aspecto de sempre, muito escuro; e qualquer um juraria que dava para ouvir as três criaturas danadas que dormiam ali respirando como anjinhos enquanto dormiam. Eles estavam fazendo aquilo, ardilosamente, escondidos atrás da cortina da janela.

Lisa estava de mau humor, pois estava preparando o doce de Natal[21] na cozinha, e havia sido obrigada a parar e ir até ali, com uma uva-passa

21. No original *Christmas pudding*: sobremesa tradicional de Natal que tem origem nos tempos medievais, antes do estabelecimento da Igreja anglicana. Atualmente é constituída de frutas secas cozidas com especiarias e deve ser servida flambada com conhaque.

grudada na bochecha, por causa das suspeitas absurdas de Naná. Ela achou que a melhor maneira de conseguir um pouco de sossego era levar Naná até o quarto das crianças por um instante, mas sem largá-la, é claro.

– Pronto, sua boba desconfiada – disse Lisa, gostando de ver Naná em desgraça. – Eles não estão em perigo nenhum, estão? Os três anjinhos estão dormindo a sono solto na cama. Ouça só a respiração tranquila deles.

Nesse momento Miguel, encorajado por seu sucesso, respirou tão alto que eles quase foram detectados. Naná conhecia aquele tipo de respiração e tentou se livrar das garras de Lisa.

Mas Lisa não era muito inteligente.

– Chega, Naná – disse ela, severamente, tirando a cadela do quarto. – Estou avisando que, se você latir de novo, vou direto atrás dos patrões e trago os dois para casa da festa. Ah, aí o patrão vai dar umas boas palmadas em você.

Ela amarrou a pobre cadelinha de novo, mas você acha que Naná parou de latir? Trazer os patrões para casa da festa! Ora, era justamente o que ela queria. Você acha que Naná se importava de levar umas palmadas se suas crianças estivessem a salvo? Infelizmente, Lisa voltou para os seus doces e Naná, vendo que ninguém viria ajudá-la, puxou e puxou a corrente até quebrá-la. No segundo seguinte ela estava entrando a toda na sala de jantar da casa 27, jogando as patas da frente para o alto, que era sua maneira mais expressiva de comunicar algo. O sr. e a sra. Darling imediatamente entenderam que algo terrível estava acontecendo com seus filhos e, sem se despedir da anfitriã, saíram correndo para a rua.

Mas agora já fazia dez minutos desde aquele momento em que três patifes ficaram respirando atrás da cortina; e Peter Pan pode fazer bastante coisa em dez minutos.

Voltemos ao quarto das crianças.

– Está tudo bem – anunciou João, saindo de seu esconderijo. – Peter, você sabe mesmo voar?

Em vez de se incomodar em responder, Peter voou pelo quarto, arrancando a prateleira sobre a lareira ao fazer isso.

– Que legal! – disseram João e Miguel.

– Que lindo! – exclamou Wendy.

– Sim, eu sou lindo, ah, como sou lindo! – disse Peter, esquecendo de novo suas boas maneiras.

Parecia deliciosamente fácil, e eles tentaram primeiro voar do chão e depois das camas, mas sempre iam para baixo em vez de para cima.

– Como você faz? – perguntou João, massageando o joelho.

Era um menino bastante prático.

– Você tem que pensar em coisas boas e lindas – explicou Peter –, e elas suspendem você no ar.

Ele mostrou de novo.

– Você faz tão rápido – disse João. – Não dá para fazer bem devagar uma vez?

Peter fez devagar e fez rápido.

– Já entendi, Wendy! – exclamou João.

Mas ele logo viu que não tinha entendido nada. Nenhum dos três conseguia voar nem um centímetro, embora até Miguel soubesse ler palavras de duas sílabas, enquanto Peter não sabia a diferença entre o A e o Z.

É claro que Peter estava brincando com eles, pois ninguém consegue voar a não ser que tenha um pouco de poeira de fada soprada sobre si. Felizmente, como nós já mencionamos, uma das mãos de Peter estava toda suja de poeira de fada, e ele soprou um pouco em cada um dos três, obtendo resultados fantásticos.

– Agora, sacudam os ombros desse jeito – disse ele –, e vamos embora.

Eles estavam cada um em sua cama, e o valente Miguel foi quem se soltou primeiro. Ele não teve bem a intenção de se soltar, mas se soltou, e foi imediatamente lançado para o outro lado do quarto.

– Eu voou! – gritou ele, ainda no ar.

João se soltou e encontrou com Wendy perto do banheiro.

– Ah, que delícia!

– Ah, que legal!

– Olhe para mim!

– Olhe para mim!

– Olhe para mim!

A maneira de voar deles não era nem de longe tão elegante quanto a de Peter – os três não conseguiam deixar de chutar um pouco o ar. Mas suas cabeças estavam encostando no teto, e quase nada é mais delicioso do que isso. Peter deu a mão a Wendy a princípio, mas teve que soltar, de tão indignada que Sininho ficou.

Eles foram para cima e para baixo, e rodaram de um lado para o outro. A palavra de Wendy para descrever aquilo foi "celestial".

– Ei! – exclamou João. – Que tal a gente ir lá para fora?

É claro que era isso que Peter queria que eles fizessem.

Miguel estava a postos; ele queria ver quanto tempo ia levar para voarem um bilhão de quilômetros. Mas Wendy hesitou.

– Sereias! – disse Peter de novo.

– Ai!

– E também piratas.

– Piratas! – exclamou João, pegando seu chapéu mais bonito, a cartola que usava para ir à missa. – Vamos logo!

Foi exatamente nesse momento que o sr. e a sra. Darling saíram correndo da casa 27 com Naná. Eles correram até o meio da rua para olhar para a janela do quarto das crianças. E sim, ela ainda estava fechada, mas o quarto estava todo aceso. E a visão mais espantosa de todas foi a sombra por trás da cortina de três figurinhas de pijama girando em círculos, não no chão, mas no ar.

Três figurinhas não, quatro!

Trêmulos, eles abriram a porta da rua. O sr. Darling queria correr lá para cima, mas, com um gesto, a sra. Darling indicou que ele devia ir devagar. Ela tentou até fazer seu coração ir devagar.

Será que eles vão chegar ao quarto das crianças a tempo? Se chegarem vai ser muito bom para eles, e nós todos vamos dar um suspiro de alívio, mas não vai ter história. Por outro lado, se eles não chegarem a tempo, eu prometo solenemente que vai dar tudo certo no fim.

Eles teriam chegado ao quarto a tempo se não fosse pelas estrelinhas que os estavam observando. As estrelas abriram a janela de novo, e a menor delas gritou:

– Cuidado, Peter!

E Peter soube que não havia nem um segundo a perder.

– Vamos! – ordenou ele.

E lançou-se na noite, seguido por João, Miguel e Wendy.

O sr. Darling, a sra. Darling e Naná chegaram tarde demais ao quarto das crianças. Os pássaros haviam escapado.[22]

---

22. Em *Peter Pan em Kensington Gardens*, o autor explica que em certa ilha nascem todos os pássaros que viram meninos e meninas. Se as crianças apertarem suas têmporas com força é possível que se lembrem de quando foram pássaros.

4

O voo

SEGUNDA À DIREITA, e direto até amanhã de manhã.

Peter havia dito a Wendy que esse era o endereço da Terra do Nunca; mas nem sequer os pássaros, mesmo se levassem mapas e os consultassem nas esquinas onde ventava mais, teriam conseguido encontrar o lugar com essas instruções. Você sabe como é – Peter simplesmente falava a primeira coisa que lhe vinha à cabeça.

No início seus companheiros confiaram nele sem fazer perguntas, e voar era uma delícia tão grande que eles perderam tempo dando giros em torno de torres de igreja e de outros objetos altos que lhes agradaram pelo caminho.

João e Miguel apostaram corrida, com Miguel saindo na frente.

Eles lembraram com desprezo que há pouco tempo haviam se achado grande coisa só por conseguirem voar dentro de um quarto.

Há pouco tempo. Mas há quanto tempo? Estavam sobrevoando o mar quando essa ideia começou a perturbar seriamente Wendy. João achou que aquele era o segundo mar pelo qual haviam passado, e que já era a terceira noite.

Às vezes ficava escuro e às vezes claro, e de vez em quando eles morriam de frio e, depois, morriam de calor. Será que às vezes eles ficavam com fome mesmo ou será que estavam só fingindo, pois Peter tinha um jeito tão legal e tão diferente de alimentá-los? O jeito dele era perseguir pássaros que levavam no bico algum alimento que os humanos pudessem comer, e roubá-lo deles; aí, o pássaro ia atrás dele e roubava a comida de novo; e eles ficavam voando um atrás do outro na maior alegria por vários quilômetros, finalmente se despedindo com um cumprimento. Mas Wendy ficou um pouco preocupada ao perceber que Peter não parecia saber que aquela era uma maneira muito esquisita de conseguir comida, e nem que existiam outros jeitos de fazer isso.

Com certeza eles não estavam fingindo estar com sono, estavam com sono de verdade; e aquilo era um perigo, pois, no instante em que adormeciam, começavam a despencar de lá de cima. O mais horrível é que Peter achava isso engraçado.

– Lá vai ele, de novo! – exclamava, radiante, ao ver Miguel de repente desabar como uma pedra.

– Salve o meu irmão! – implorava Wendy, olhando com horror para o mar cruel lá embaixo.

Após algum tempo, Peter mergulhava no ar e pegava Miguel logo antes de ele bater no mar. Era lindo o modo como fazia isso, mas ele sempre esperava até o último segundo, e você sentia que o que lhe interessava era sua própria esperteza, e não o fato de que estava salvando uma vida humana. Além disso, Peter gostava muito de novidade, e a brincadeira que o fascinava num instante de repente parava de interessá-lo. Por isso, sempre havia a possibilidade de que, da próxima vez que você caísse, ele fosse deixá-lo despencar até lá embaixo.

Peter sabia dormir no ar sem cair, simplesmente deitando de costas e flutuando. Mas isso, pelo menos em parte, acontecia porque ele era tão leve que, se você se colocasse atrás dele e soprasse, ele voava mais rápido.

– Por favor, seja mais educado com ele – sussurrou Wendy para João quando eles estavam brincando de "Seu Mestre Mandou".

– Então diga para ele parar de se mostrar – disse João.

Quando Peter brincava de "Seu Mestre Mandou", ele voava até bem perto da superfície da água e tocava a barbatana de cada tubarão que estava passando, que nem a gente passa os dedos numa cerca de metal quando anda na rua. Os outros não conseguiam imitá-lo com muito sucesso, portanto ele talvez estivesse mesmo se mostrando, principal-

Aquela era uma maneira muito esquisita de conseguir comida.

mente porque toda hora olhava para trás para ver quantas barbatanas eles tinham deixado de tocar.

– Vocês têm que ser bonzinhos com ele – insistiu Wendy com os irmãos. – O que a gente ia fazer se ele nos abandonasse?

– Podíamos voltar – disse Miguel.

– Como a gente ia saber chegar em casa sem ele?

– Bom, a gente podia seguir em frente – sugeriu João.

– Isso é o mais horrível, João. Nós íamos ter que seguir em frente, pois não sabemos parar.

O que era verdade; Peter havia se esquecido de ensinar a eles como parar.

João disse que, na pior das hipóteses, eles só iam ter que seguir em frente toda a vida, pois o mundo era redondo e eles iam acabar chegando de novo à janela do quarto.

– E quem vai arrumar comida para a gente, João?

– Eu peguei direitinho um pedaço de comida da boca daquela águia, Wendy.

– Na vigésima tentativa – lembrou Wendy. – E, apesar de nós termos aprendido a pegar comida, olhe como batemos nas nuvens e nas outras coisas se ele não está por perto para nos ajudar.

Era verdade, eles estavam sempre batendo em algo. Já sabiam voar muito bem agora, embora ainda chutassem demais o ar; mas, se vissem uma nuvem pela frente, quanto mais tentavam se desviar, maior era a possibilidade de baterem nela. Se Naná estivesse ali, já teria colocado uma gaze em volta da testa de Miguel.

Peter não estava com eles naquele momento, e os três se sentiam muito solitários lá em cima sem ele. Peter sabia voar tão mais rápido que subitamente disparava e sumia de vista, para viver uma aventura da qual os outros não podiam participar. Ele descia morrendo de rir de uma coisa muito engraçada que tinha dito para uma estrela, mas já tinha esquecido o que era, ou subia com escamas de sereia ainda grudadas na pele, mas sem saber contar direito o que havia acontecido. Era mesmo bastante irritante para crianças que jamais haviam visto uma sereia.

– E se ele se esquece das sereias tão rápido – argumentou Wendy –, como a gente pode esperar que vá continuar se lembrando de nós?

De fato, às vezes, quando Peter voltava, ele não se lembrava deles – pelo menos, não muito bem. Wendy tinha certeza. Ela via a lembrança surgindo em seus olhos justamente quando ele estava prestes a passar por eles sem nem dar bom-dia; numa ocasião, Wendy teve até que dizer qual era o nome dela.

– Eu sou a Wendy – disse, assustada.

Peter lamentou muito o acontecido.

– Olhe só, Wendy – sussurrou para ela –, se você vir que estou esquecendo você, continue a dizer "eu sou a Wendy" que aí eu vou lembrar.

É claro que isso não era muito satisfatório. Mas, para se desculpar, Peter mostrou a eles como se deitar bem retinho em cima de um vento forte que estava vindo em sua direção, e isso deixou tudo tão mais prazeroso que eles tentaram várias vezes e descobriram que, assim, podiam dormir em segurança. Os três teriam dormido mais, porém Peter logo se cansava de dormir e gritava, com sua voz de capitão:

– É aqui que a gente vai descer!

Por isso, com alguns desentendimentos, mas quase sempre na maior harmonia, eles foram chegando perto da Terra do Nunca. Pois, após muitas luas, eles chegaram lá mesmo e, ainda por cima, seguiram a direção certa durante quase o tempo todo. Não tanto por terem Peter ou Sininho para guiá-los, mas porque a ilha estava procurando por eles. É só quando isso acontece que alguém consegue avistar as praias mágicas da Terra do Nunca.

– É ali – disse Peter calmamente.

– Onde, onde?

– Ali, para onde todas as flechas estão apontando.

Era verdade: um milhão de flechas douradas estavam mostrando para as crianças o local onde ficava a ilha, todas lançadas por seu amigo sol, que queria ter certeza de que elas estavam no caminho certo antes de ir se deitar para a noite chegar.

Wendy, João e Miguel ficaram nas pontas dos pés no ar para poderem ver a ilha pela primeira vez. É estranho, mas eles todos a reconheceram no mesmo segundo. E, até começarem a ter medo dela, não sentiram o que a gente sente quando vê ao vivo algo com que já sonhamos muitas vezes, mas o que sentimos quando reencontramos um amigo querido que não vemos há muito tempo.

– João, olhe lá a lagoa!

– Wendy, olhe as tartarugas enterrando os ovos na areia!

– Olhe, João, estou vendo seu flamingo de perna quebrada!

– Olhe, Miguel, a sua caverna ali!

– João, o que é aquilo no meio do mato?

– É uma loba com os filhotes. Wendy, acho que aquele é o seu lobinho!

– João, aquele é o meu barco, de paredes amassadas!

– Não é, não. A gente queimou o seu barco.

– É ele, sim. Olhe, João, a fumaça vindo da aldeia dos peles-vermelhas.

– Onde? Mostre para mim e, pelo desenho da fumaça, eu lhe digo se eles estão em pé de guerra.

– Ali, logo depois do Rio Misterioso.

– Estou vendo. É, eles estão mesmo em pé de guerra.

Peter ficou um pouco irritado por eles saberem tanta coisa; mas, se ele queria ser o maioral, sua chance ia chegar em breve, pois eu não falei que eles logo iam começar a ter medo da ilha?

O medo apareceu quando as flechas douradas sumiram, mergulhando a ilha na escuridão.

Nos velhos tempos, quando eles ainda estavam em casa, a Terra do Nunca sempre tinha começado a ficar um pouco escura e ameaçadora perto da hora de dormir. Nessa hora, estradas nunca exploradas surgiam e se espalhavam; sombras negras começavam a se mexer; e o rugido das feras ficava muito diferente. E o pior de tudo era que você perdia a certeza de que ia vencer. E ficava muito feliz pelas luzinhas acesas no quarto. Até gostava quando Naná dizia que aquilo era só a lareira, e que a Terra do Nunca era só faz de conta.

É claro que a Terra do Nunca tinha mesmo sido faz de conta naquele tempo; mas ela era de verdade agora, e não tinha nenhuma luzinha acesa, e estava ficando cada vez mais escuro, e onde estava a Naná?

Eles vinham voando separados, mas na hora ficaram bem juntinhos e foram para perto de Peter. O jeito despreocupado dele finalmente sumira. Seus olhos estavam brilhando e os outros três sentiam um arrepio sempre que tocavam seu corpo. Eles agora estavam sobrevoando a temível ilha, voando tão baixo que às vezes uma árvore roçava seus pés. Não havia nada de horrível à vista no ar, mas o progresso deles se tornou lento e difícil, exatamente como se estivessem tendo que atravessar forças hostis. Às vezes, ficavam parados no mesmo lugar até Peter socar o ar algumas vezes.

– Eles não querem que a gente aterrisse – explicou.

– Quem são eles? – sussurrou Wendy, estremecendo.

Mas Peter não podia, ou não queria, dizer. Sininho estivera dormindo em seu ombro até então, mas ele a acordou e mandou-a seguir na frente.

Às vezes Peter se empertigava todo no ar, ouvindo atentamente com a mão em concha em volta da orelha, e depois olhava lá para baixo com olhos tão brilhantes que eles pareciam perfurar dois buracos na terra. Após fazer isso, ele seguia em frente.

A coragem de Peter era quase de dar medo.

– Você quer ter uma aventura agora – perguntou casualmente para João –, ou quer tomar chá primeiro?

– Chá primeiro! – disse Wendy bem depressa.

Miguel deu um aperto de gratidão na mão dela, mas João, que era mais corajoso, hesitou.

– Que tipo de aventura? – perguntou ele, receoso.

– Tem um pirata dormindo ali nos pampas, bem embaixo da gente – revelou Peter. – Se você quiser, a gente pode ir lá para baixo matar o safado.

– Não estou vendo – disse João, após uma longa pausa.

– Eu estou.

– Mas e se ele acordasse? – perguntou João, a uma voz um pouco rouca.

Peter ficou indignado.

– Você não acha que vou matar o pirata enquanto ele estiver dormindo, acha? Primeiro vou acordá-lo e depois matar. É sempre assim que eu faço.

– Nossa! E você mata muitos?

– Milhares.

João disse "Que legal", mas decidiu tomar chá primeiro. Ele perguntou se havia muitos piratas na ilha agora, e Peter respondeu que nunca tinha visto tantos.

– Quem está no comando deles?

– O Capitão Gancho – respondeu Peter, fazendo uma cara bem feia ao pronunciar aquele nome tão odiado.

– James Gancho?[23]

– Isso.

E foi então que Miguel começou a chorar mesmo, e até João só conseguiu falar com dificuldade, pois eles conheciam a reputação de Gancho.

– Ele foi o imediato do Barba Negra[24] – sussurrou João roucamente. – É o pior pirata de todos. O único homem que botava medo no famoso Long John Silver.[25]

---

23. O autor empresta seu próprio nome ao Capitão James Gancho. Nos primeiros rascunhos da peça, Gancho assumia a postura de um diretor de colégio, e é sugerido que havia estudado em Eton – a mesma escola que quatro dos irmãos Llewelyn Davies frequentaram.

24. Barba Negra (c.1680-1718) foi um dos mais renomados piratas de todos os tempos. Nascido Edward Teach, o pirata inglês tornou-se personagem do folclore norte-americano por causa de seus saques nas costas do mar caribenho.

25. Long John Silver, que também atendia pelos apelidos Barbecue e Sea-Cook, é o grande vilão do livro *A ilha do tesouro* (1883), de Robert Louis Stevenson, amigo de James Barrie. Esta é uma das várias referências que Barrie faz ao livro – e, nesse caso, com um paralelismo: na obra de Stevenson, Long John Silver é descrito como "o único homem que Flint temeu".

– Ele mesmo – disse Peter.

– Como ele é? Grandão?

– Já foi maior.

– Como assim?

– Eu cortei um pedaço dele fora.

– Você?!

– Eu mesmo! – disse Peter, irritado.

– Não quis faltar com o respeito.

– Ah, tudo bem.

– Mas que pedaço?

– A mão direita.

– Então agora ele não consegue mais lutar?

– E como consegue!

– Ele é canhoto?

– Ele tem um gancho de ferro no lugar da mão direita, e usa como se fosse uma garra.

– Uma garra!

– Olhe só, João – disse Peter.

– Oi?

– Responda "Sim, capitão".

– Sim, capitão.

– Tem uma coisa que todo menino que me tem como capitão tem que prometer, e você vai ter que prometer também – disse Peter.

João empalideceu.

– É o seguinte: se a gente se deparar com o Gancho numa batalha, você tem que deixar o cara para mim.

– Eu prometo – disse João lealmente.

Naquele momento eles estavam menos assustados, pois Sininho estava voando ali perto e, graças à luz que ela emitia, eles podiam se ver na escuridão. Infelizmente, Sininho não conseguia voar tão devagar quanto eles, e por isso tinha que fazer círculos em volta dos quatro, que ficaram envoltos por uma espécie de auréola. Wendy estava gostando daquilo até Peter explicar qual era a desvantagem.

– Ela está me contando que os piratas nos viram antes de ficar escuro, e prepararam o Tonhão Comprido.

– O canhão?

– Isso. E é claro que eles vão ver a luz dela e, se acharem que a gente está por perto, com certeza vão mandar bala.

– Wendy!

– João!

– Miguel!

– Mande a Sininho embora agora, Peter! – exclamaram os três ao mesmo tempo.

Mas Peter se recusou.

– Ela acha que a gente se perdeu, e está com bastante medo – respondeu ele severamente. – Vocês não acham que vou mandar Sininho ir embora sozinha num momento de medo, acham?

Por um instante, o círculo de luz se quebrou, e Peter levou um beliscão carinhoso.

– Então diga para ela apagar a luz – implorou Wendy.

– Ela não consegue. É praticamente a única coisa que as fadas não podem fazer. A luz apaga sozinha quando ela dorme, que nem acontece com as estrelas.

– Então mande essa fada dormir agora! – disse João, quase dando uma ordem.

– Ela não consegue dormir se não estiver com sono. É a única outra coisa que as fadas não podem fazer.

– Pois me parece que são as duas únicas que prestam! – rosnou João.

Dessa vez foi ele quem levou um beliscão, mas não foi nada carinhoso.

– Se um de nós tivesse um bolso, a gente podia carregar a Sininho dentro – disse Peter.

Mas eles tinham saído de casa com tanta pressa que nenhum dos quatro tinha um bolso.

Por sorte, Peter teve uma ideia. A cartola de João.

Sininho concordou em viajar de cartola se ela fosse levada na mão de alguém. João levou a cartola, embora a fadinha houvesse torcido para ser carregada por Peter. Após algum tempo Wendy pegou a cartola, porque João disse que ela batia em seu joelho quando ele voava; e isso, como nós veremos, deu em confusão, pois Sininho não gostava nada de dever favores a Wendy.

A luz de Sininho ficava completamente escondida na cartola preta, e eles seguiram adiante em silêncio. Foi o silêncio mais profundo da vida deles, quebrado apenas pelo ruído distante de alguém lambendo um líquido – que Peter explicou vir das feras que estavam bebendo no fiorde – e por um farfalhar que parecia ser dos galhos das árvores batendo uns contra os outros, mas que Peter contou ser dos peles-vermelhas amolando suas facas.

Depois, até esses ruídos cessaram. Para Miguel, aquela calma toda era horrível.

– Como eu queria que alguma coisa fizesse um barulho! – exclamou ele.

Como se estivesse atendendo ao seu pedido, o maior estrondo que Miguel já ouvira na vida rasgou o ar. Os piratas haviam usado o Tonhão Comprido para atirar neles.

O rugido do tiro ecoou pelas montanhas, e os ecos pareceram gritar ferozmente "Onde eles estão? Onde eles estão? Onde eles estão?"

Foi assim que os três irmãos aprenderam muito bem a diferença entre uma ilha de faz de conta e a mesma ilha, só que de verdade.

Quando voltou a fazer silêncio no firmamento, João e Miguel viram que estavam sozinhos em meio à escuridão. João estava pedalando mecanicamente no ar e Miguel, que não sabia flutuar, estava flutuando.

– Você se machucou? – sussurrou João, trêmulo.

– Ainda não olhei – sussurrou Miguel em resposta.

Agora, sabemos que ninguém havia se machucado. Mas Peter fora lançado até alto-mar pela rajada de vento que viera do canhão, enquanto Wendy fora atirada para cima, tendo apenas Sininho de companhia.

Teria sido melhor para Wendy se, naquele momento, ela houvesse derrubado a cartola.

Não sei se a ideia surgiu de repente na cabeça da fada, ou se ela planejara tudo no caminho. Só sei que Sininho saiu imediatamente da cartola e começou a atrair Wendy para uma armadilha.

Sininho não era de todo má; ou melhor, ela era toda má agora, mas, por outro lado, às vezes era toda boa. As fadas têm que ser ou uma coisa, ou outra, pois, como são tão pequenas, infelizmente só têm espaço para um sentimento de cada vez. Elas podem mudar, no entanto tem que ser uma mudança completa. Naquele instante, Sininho estava cheia de ciúme de Wendy. É claro que Wendy não conseguia entender o que ela dizia com os lindos barulhinhos que fazia, e acredito que alguns deles eram palavras feias. Mas não pareciam ser isso, e a fadinha voou para a frente e para trás, claramente querendo dizer: "Venha atrás de mim que tudo vai ficar bem."

O que mais a pobre Wendy poderia fazer? Ela chamou por Peter, por João e por Miguel, mas obteve apenas ecos zombeteiros em resposta. Wendy ainda não sabia que Sininho a odiava com o ódio feroz de uma mulher de verdade. Por isso, confusa e cambaleando ao voar, foi atrás da fada, diretamente para sua destruição.

5

A ilha vira verdade

Sentindo que Peter estava voltando, a Terra do Nunca ganhou vida mais uma vez. Eu devia usar o mais-que-perfeito e dizer ganhara, mas ganhou é melhor e é o que Peter sempre usa.

Na ausência dele, a ilha em geral fica tranquila. As fadas dormem uma hora a mais de manhã, as feras cuidam de seus filhotes, os peles-vermelhas fazem um banquete que dura seis dias e seis noites e, quando os piratas e os meninos perdidos se encontram, eles apenas trocam gestos ofensivos.[26] Mas, com a vinda de Peter, que detesta a preguiça, eles todos se animam de novo: se você encostar o ouvido no chão agora, vai escutar a ilha inteira fervilhando de vida.

Nessa noite, as forças principais da ilha estavam organizadas da seguinte maneira: os meninos perdidos estavam procurando por Peter, os piratas estavam procurando pelos meninos perdidos, os peles-vermelhas estavam procurando pelos piratas, e as feras estavam procurando pelos peles-vermelhas. Eles estavam andando em círculos na ilha, mas não se esbarravam, pois caminhavam todos na mesma velocidade.

Todos queriam sangue, com exceção dos meninos perdidos, que normalmente gostavam de sangue, mas nessa noite queriam apenas cumprimentar seu capitão. O número de meninos da ilha varia, é claro,

26. No original "bite their thumbs at each other": literalmente morder os polegares, gesto então considerado altamente ofensivo e citado por Shakespeare em *Romeu e Julieta*, Ato I, Cena I.

conforme eles vão morrendo e coisa e tal; além disso, quando eles parecem estar começando a crescer, o que é contra o regulamento, Peter faz uma seleção. Nessa época havia seis deles, com os Gêmeos valendo por dois. Vamos fingir que estamos deitados no meio desse canavial e vamos observá-los se esgueirando em fila indiana, cada um com a mão sobre sua adaga.

Peter proíbe os meninos perdidos de se parecerem com ele, ainda que seja só um pouquinho, e eles se vestem com as peles dos lobos que matam, ficando tão roliços e felpudos que, quando caem, saem rolando. Por isso, todos aprenderam a não cair muito.

O primeiro a passar é Firula, que não é o menos corajoso, mas o mais azarado de todo esse valente bando. Ele havia tido menos aventuras do que todos os outros, pois coisas importantes sempre aconteciam quando ia ali na esquina um instantinho; tudo estava tranquilo, Firula aproveitava a oportunidade para ir pegar alguns galhos para fazer uma fogueira e, quando voltava, os outros estavam limpando o sangue do chão. Essa falta de sorte lhe dera uma expressão de gentil melancolia, mas, em vez de deixá-lo amargo, havia deixado-o mais doce, e por isso ele era o mais modesto dos meninos. Pobre e bondoso Firula, há perigo no ar para você esta noite. Tome cuidado, ou o destino vai acabar lhe oferecendo uma aventura que, se você aceitar, vai mergulhá-lo na mais profunda tristeza. Firula, a fada Sininho quer porque quer fazer uma maldade esta noite. Ela está procurando alguém que sirva aos seus propósitos e acha que, de todos os meninos, você é o mais fácil de enganar. Cuidado com ela!

Que bom seria se Firula pudesse nos ouvir, mas nós na verdade não estamos na ilha, e ele passa, mordendo os nós dos dedos.

Depois vem Bico, alegre e afável, seguido por Magrelo, que corta talos ocos das árvores para fazer flautas e dança freneticamente ao ritmo da própria música. Magrelo é o mais convencido dos meninos. Ele pensa que se lembra da época antes de ser perdido, com seus hábitos e costumes, e isso faz com que ande sempre com o nariz empinado, zombeteiro. O quarto da fila é Caracol, que está sempre se metendo em confusão, e já teve que se entregar tantas vezes quando Peter diz em tom severo "Quero que aquele que fez isso dê um passo à frente", que agora, quando ouve a ordem, dá um passo à frente automaticamente, quer tenha sido o culpado ou não. Por último, vêm os Gêmeos, que eu não sei descrever, porque com certeza ia acabar descrevendo o Gêmeo errado. Peter nunca entendeu bem o que eram gêmeos, e seu bando não podia saber nada que ele não sabia. Por isso, esses dois eram sempre vagos ao falar de si mesmos, e faziam de tudo para não incomodar ninguém, ficando sempre bem juntinhos com cara de quem está pedindo desculpas.

Os meninos desaparecem na escuridão e, após uma pausa – mas não uma longa pausa, pois as coisas andam bem rápido na ilha –, surgem os piratas em seu encalço. Nós os ouvimos antes de vê-los, e todas as vezes eles cantam a mesma canção terrível:

Navio ao mar, velas ao ar,
Vamos piratear,
E se um tiro alguém levar,
No inferno vamos nos encontrar!

Nem no corredor da morte[27] se vê um grupo tão mal-encarado. Um pouco antes dos outros, sempre colando o ouvido no chão para escutar, com os enormes braços nus e moedas de prata penduradas nas orelhas como brincos, vem o belo italiano Cecco,[28] que talhou seu nome com

---

27. No original "Execution Dock", local no leste de Londres onde, por mais de quatrocentos anos, foram executados piratas, contrabandistas e amotinados. Os últimos enforcados neste local foram os marinheiros George Davis e William Watts, em dezembro de 1830, condenados por terem assassinado um capitão de navio.
28. Além de *A ilha do tesouro*, James Barrie leu muitos outros livros de piratas – como *História geral dos piratas* (1724), do capitão Charles Johnson – em busca de detalhes e nomes para os personagens de *Peter Pan*. Contudo, Cecco não parece ter sido inspirado em nenhum deles, e é possível que seja uma homenagem a Cecco Hewlett, filho do escritor inglês Maurice Hewlett.

uma faca nas costas do diretor da prisão de Gao.[29] O negro gigantesco que vem a seguir teve muitos nomes desde que deixou de usar aquele que as mães africanas ainda usam para assustar as criancinhas às margens do rio Guadjo-mo. Logo depois vem Bill Falsário, o mesmo Bill Falsário que levou seis dúzias de chibatadas do Capitão Flint no navio *Walrus*[30] antes de largar o saco de cruzados de ouro que havia roubado. Depois vem Cuca, que dizem ser irmão do Peste Negra (mas isso nunca foi provado); Cavalheiro Starkey, que já foi inspetor de uma escola e ainda mata com alguma frescura; Claraboia, que trabalhou no navio do famoso Capitão Morgan;[31] o imediato irlandês Barrica, um homem estranhamente simpático que esfaqueava sem querer ofender, digamos assim, e que era o único membro da tripulação de Gancho que não pertencia à Igreja anglicana;[32] Macarrão, cujas mãos são viradas para trás; Robert Molambo, Alf Pedreiro e muitos outros rufiões famosos e temidos nas Colônias Espanholas.

No meio deles estava reclinado o maior e mais assustador de todos naquele ambiente funesto: James Gancho, ou, como ele próprio se assinava, Jas. Gancho, que diziam ser o único homem que botava medo no grande Long John Silver. Gancho estava deitado à vontade numa carruagem tosca puxada e empurrada por seus homens e, no lugar da mão direita, ele tinha o gancho de ferro com o qual estava sempre os incentivando a andar mais depressa. Eles eram tratados como cães por este homem terrível, e o obedeciam como cães. O Capitão Gancho era moreno e cadavérico, e seu cabelo era cheio de cachos que, a uma certa distância, pareciam velas negras, e davam um ar ameaçador ao seu belo rosto. Seus olhos eram azuis como o miosótis e tinham uma expres-

29. Na primeira versão do livro, "Gao". Nas edições mais recentes, o termo por vezes é substituído por "Goa", que é o menor dos estados indianos e foi colônia portuguesa até 1961. Tal alteração justifica-se pela referência, em *A ilha do tesouro*, à "abordagem do barco *Vice-rei das Índias* ao largo de Goa" e pela subsequente menção a moedas de ouro portuguesas.
30. O episódio das chicotadas ocorre em *A ilha do tesouro*, de Robert Louis Stevenson.
31. O Capitão Henry Morgan (1635-88), corsário inglês que saqueou boa parte do Caribe.
32. Por ser irlandês, Barrica era o único católico do grupo.

são de profunda melancolia – a não ser quando ele estava enfiando o gancho em alguém, pois aí manchas vermelhas apareciam neles e os deixavam horrivelmente incandescentes.

Gancho ainda se portava um pouco como um fidalgo, e até estraçalhava seus inimigos com ares de grandeza. Além disso, já me disseram que era um grande *raconteur*.[33] Ficava mais sinistro quando se comportava com mais polidez, o que provavelmente é a verdadeira marca registrada dos aristocratas; e a elegância de sua dicção, até quando falava palavrões, assim como a superioridade de seu comportamento mostravam que ele não era da laia de sua tripulação. Era um homem de coragem indomável, e dizem que só se assustava ao ver o próprio sangue, que era grosso e de uma cor diferente. No vestir, Gancho imitava um pouco as roupas associadas ao rei Carlos II[34] da Inglaterra, tendo ouvido, num período anterior de sua carreira, que era muito parecido com os azarados membros da dinastia dos Stuart.[35] Na boca, Gancho tinha uma piteira que ele próprio fabricara e que lhe permitia fumar dois charutos ao mesmo tempo. Mas, sem dúvida, a parte mais aterradora de sua aparência era sua garra de ferro.

Agora vamos matar um pirata, para mostrar o método de Gancho. Pode ser o Claraboia. No caminho, Claraboia esbarra desajeitadamente no capitão, amassando sua gola de renda; o gancho dispara e ouve-se o som de algo sendo rasgado e um grito de dor. Então o corpo é chutado para o lado e os piratas seguem em frente. Gancho nem tirou os charutos da boca.

Esse é o homem terrível a quem Peter Pan deverá enfrentar. Qual dos dois irá vencer?

---

33. Em francês no original: contador de histórias.

34. Carlos II (1630-85), rei na Inglaterra após a morte de Oliver Cromwell (1599-1658) e da restauração da monarquia. Reinou de 1660 até sua morte, e seu modo de se vestir, assim como o de Luís XIV (1638-1715) da França, seu contemporâneo, tornou-se famoso pela extravagância.

35. Família nobre de origem bretã. Deteve o trono da Escócia, e depois a coroa da Inglaterra, até 1714 quando a rainha Ana Stuart (1665-1714) morreu sem deixar descendentes.

Na trilha dos piratas, se esgueirando em completo silêncio pela estrada a caminho da batalha, que não é visível para os olhos inexperientes, surgem os peles-vermelhas, todos de olhos bem abertos. Eles carregam machadinhas e facas, e seus corpos nus brilham, cobertos de pintura e óleo. Trazem fileiras de escalpos penduradas em volta de si – escalpos não só de piratas, mas de meninos também, pois essa é a temível tribo dos Piccaninnies,[36] que não deve ser confundida com os Delawares ou os Hurons, que são mais bonzinhos. Na vanguarda, de gatinhas, vem Pequena Grande Pantera, um bravo que já arrancou tantos escalpos que, nesse momento, eles dificultam um pouco seus movimentos. Na retaguarda, que é o lugar mais perigoso, está Princesa Tigrinha, empertigada e orgulhosa. Vê-se logo que ela é uma princesa. Tigrinha, com sua pele morena, é a mais linda Diana caçadora,[37] e a mais bela da tribo dos Piccaninnies; vaidosa, sabe ser fria ou doce quando quer. Todos os bravos da tribo gostariam de se casar com essa menina teimosa, mas ela foge do altar com uma machadinha.

Observe como os índios pisam nos galhos caídos no chão sem fazer o menor barulho. O único ruído que se ouve é a respiração um pouco pesada deles. A verdade é que estão todos meio gordos agora, depois de se empanturrar no banquete, mas vão acabar perdendo esse peso extra. No momento, no entanto, essa é a maior ameaça à sua segurança.

Os peles-vermelhas desaparecem da mesma forma como surgiram: como sombras. Logo, seu lugar é ocupado pelas feras, um bando enorme e todo misturado. Leões, tigres, ursos, e os inúmeros animais menores que fogem deles, pois todas as feras, principalmente aquelas que se alimentam de homens, vivem próximas nesta ilha preferida dentre todas. As feras estão com a língua de fora; estão com fome esta noite.

---

36. Termo que já foi utilizado para descrever os aborígenes australianos e, no sul dos Estados Unidos, os filhos de escravos africanos. Acredita-se que a origem do termo seja a palavra da língua portuguesa "pequenino".

37. Filha de Júpiter e Latona, e irmã gêmea de Febo, Diana é a deusa da lua e da caça na mitologia romana. Caçadora infatigável e indiferente ao amor, é geralmente representada com um arco e acompanhada por um cão ou um cervo.

Assim que elas passam, vem o último de todos, que é um gigantesco crocodilo. Nós já vamos saber por quem ele está procurando.

O crocodilo passa também, mas logo os meninos aparecem de novo, pois a procissão tem que continuar sem parar até que um grupo pare de andar ou diminua ou aumente o passo. Aí, em pouco tempo todos vão estar embaralhados uns com os outros.

Todos estão olhando bem atentos para a frente, mas nenhum suspeita que o perigo pode estar vindo de trás. Isso mostra o quanto a ilha é real.

Os primeiros a saírem daquele círculo em constante movimento foram os meninos. Eles desabaram deitados sobre a grama, perto do local onde ficava sua casa subterrânea.

– Como eu queria que o Peter voltasse – disseram os meninos, nervosos, embora em altura e, principalmente, em largura fossem todos maiores que seu capitão.

– Eu sou o único que não tem medo dos piratas – disse Magrelo, naquele tom que o impedia de ser o mais querido da turma. Mas talvez algum som distante o tenha perturbado, pois ele acrescentou bem depressa:

– Mas eu queria que o Peter voltasse logo, e nos dissesse se descobriu mais alguma coisa sobre a Cinderela.

Eles começaram a falar da Cinderela, e Firula teve certeza de que sua mãe devia ser bem parecida com ela. Eles só podiam falar em mães na ausência de Peter, pois ele proibia o assunto, que considerava muito bobo.

– A única coisa que eu me lembro da minha mãe – contou Bico – é que ela sempre dizia para o meu pai: "Ai, como eu queria ter meu próprio talão de cheques!" Eu não sei o que é um talão de cheques, mas ia adorar dar um para a minha mãe.

Quando eles estavam conversando, ouviram um barulho bem distante. Você e eu, que não somos criaturas selvagens da floresta, não teríamos ouvido nada. Mas eles ouviram, e o que ouviram foi esta terrível canção:

A matar, roubar e saquear
Um bom pirata nunca se esquiva
Nós vivemos nas ondas do mar
E damos viva a Davy Jones,[38] *viva!*

Na mesma hora os meninos perdidos... – mas onde eles estão? Não estão mais aqui. Nem coelhos teriam conseguido sumir tão depressa.

Vou contar onde eles estão. Com exceção de Bico, que saiu em disparada para fazer um reconhecimento do terreno, todos já estão em sua casa debaixo da terra, uma residência maravilhosa que nós vamos conhecer muito bem daqui a pouco. Mas como foi que chegaram lá? Pois não há nenhuma entrada à vista, nem mesmo uma pilha de gravetos que, ao ser removida, revela o acesso a uma caverna. Mas olhe bem e você vai notar que aqui há sete árvores bem grandes, e que cada uma tem no tronco um buraco do tamanho de um menino. Essas são as sete entradas para a casa debaixo da terra, pela qual Gancho vem procurando em vão há tantas luas. Será que ele vai encontrá-las hoje?

Conforme os piratas foram avançando, os bons olhos de Cavalheiro Starkey avistaram Bico desaparecendo em meio à floresta, e ele logo sacou sua pistola. Mas uma garra de ferro agarrou seu ombro.

– Largue meu ombro, capitão! – exclamou ele, tentando se livrar.

Agora, pela primeira vez, vamos ouvir a voz de Gancho. É uma voz terrível.

– Primeiro, guarde essa arma – disse ele, num tom ameaçador.

– Era um daqueles meninos que o senhor detesta. Eu podia ter matado o safado.

---

38. Para alguns é considerado um espírito do oceano que naufraga navios e que pode assumir diversas formas, já em algumas regiões equatoriais é um dos muitos nomes do diabo. Na literatura foi citado por Daniel Defoe (1660-1731) em *Four Years Voyages of Captain George Roberts* (1726), Tobias Smollett (1721-71) em *The Adventures of Peregrine Pickle* (1751), Washington Irving (1783-1859) em *Adventures of the Black Fisherman* (1824), Herman Melville (1819-91) em *Moby Dick* (1851) e Charles Dickens (1812-70) em *Bleak House* (1852). Recentemente figurou como um dos vilões da série de filmes *Piratas do Caribe*.

– Sim, e o som teria feito com que os peles-vermelhas da Princesa Tigrinha nos encontrassem. Quer perder o escalpo?

– Quer que eu vá atrás dele, capitão? – perguntou o patético Barrica. – Quer que eu faça cosquinha nele com o Johnny Saca-Rolha?

Barrica tinha apelidos engraçados para tudo, e seu cutelo era o Johnny Saca-Rolha, porque ele o enfiava e depois torcia. Barrica tinha muitas características encantadoras. Por exemplo, depois de matar, ele limpava os óculos, e não a arma.

– O Johnny é bem silencioso – lembrou ele.

– Agora não, Barrica – disse Gancho sombriamente. – Ele é apenas um, e eu quero pegar todos os sete. Separem-se e procurem por eles.

Os piratas desapareceram entre as árvores e, um segundo depois, Gancho e Barrica estavam sozinhos. Gancho deu um profundo suspiro; e eu não sei por que – talvez devido à beleza suave da noite –, mas ele foi tomado por um desejo de relatar a seu fiel imediato a história de sua vida. Gancho falou bastante e falou com muita sinceridade, mas Barrica, que era bem burro, não entendeu coisa nenhuma.

Após algum tempo, ele ouviu o nome de Peter.

– O que eu mais quero na vida – disse Gancho, veemente – é o capitão deles, Peter Pan. Foi ele que cortou minha mão – continuou ele, brandindo ameaçadoramente o gancho de ferro. – Faz tempo que espero para apertar a mão dele com isso aqui. Ah, mas eu vou acabar com ele.

– Mas eu já ouvi o senhor dizer muitas vezes que esse gancho vale mais do que mil mãos – disse Barrica –, para pentear o cabelo e outros afazeres domésticos.

– Sim – respondeu o capitão. – Se eu fosse uma mãe, ia rezar para que meus filhos nascessem com isto em vez disso.

E ele olhou orgulhosamente para sua mão de ferro e com desprezo para a outra. Depois, voltou a franzir o cenho.

– Peter jogou a minha mão para um crocodilo que por acaso estava passando – disse Gancho, contraindo-se de raiva.

– Eu já notei o estranho medo que o senhor tem de crocodilo – disse Barrica.

– De crocodilo, não – corrigiu Gancho. – Daquele crocodilo.

Ele continuou, falando mais baixo:

– Ele gostou tanto da minha mão, Barrica, que me segue desde aquele dia, de mar em mar e de terra em terra, lambendo os beiços e querendo o resto de mim.

– Não deixa de ser um elogio – disse Barrica.

– Não quero um elogio desses! – rosnou Gancho com petulância. – Quero Peter Pan, que deu o primeiro gostinho de mim para a fera.

Ele se sentou num enorme cogumelo, e sua voz ficou trêmula.

– Barrica – disse Gancho roucamente –, esse crocodilo já teria conseguido me comer, se não fosse a sorte de ele ter engolido um relógio que faz tic-tac dentro da barriga dele. Com isso, antes de ele conseguir chegar perto de mim, ouço o tic-tac e saio correndo – ele riu, mas sem alegria.

– Um dia a corda do relógio vai acabar, e aí ele vai pegar o senhor – disse Barrica.

Gancho molhou os lábios ressecados.

– É – disse ele. – Esse é o medo que me persegue.

Desde que Gancho se sentara, ele vinha sentindo um calor estranho.

– Barrica, esse assento está quente – e o capitão deu um pulo. – Raios e trovões! Com mil barbatanas! Eu estou pegando fogo! – disse ele.

Eles examinaram o cogumelo, que era de um tamanho e de uma solidez que apenas os cogumelos da ilha tinham; tentaram arrancá-lo, e ele imediatamente saiu do chão, pois não tinha raízes. E o mais estranho é que uma fumaça começou a subir. Os piratas se entreolharam.

– Uma chaminé! – exclamaram ambos.

Eles tinham mesmo descoberto a chaminé da casa subterrânea. Os meninos tinham o costume de enfiar um cogumelo nela quando havia inimigos por perto.

Não foi só fumaça que subiu de lá. Também subiram vozes de crianças, pois os meninos se sentiam tão seguros em seu esconderijo que estavam tagarelando alegremente. Os piratas ouviram a conversa com um ar perverso, e então recolocaram o cogumelo no lugar. Olharam em volta e viram os buracos nas sete árvores.

– Você ouviu os meninos dizendo que Peter Pan não está em casa? – sussurrou Barrica, mexendo no Johnny Saca-Rolha.

Gancho assentiu. Ele ficou um longo tempo refletindo, e finalmente um sorriso cruel iluminou seu rosto moreno. Barrica estava esperando por aquilo.

– Quais são as suas ordens, capitão? – exclamou ele ansiosamente.

– Vamos voltar para o barco – respondeu Gancho devagar, com os dentes cerrados –, e fazer um bolo enorme, bem gostoso e cheio de cobertura. Só pode haver um cômodo lá embaixo, pois só tem uma chaminé. As toupeiras não tiveram o senso de deduzir que não precisavam de uma porta para cada um. Isso mostra que eles não têm mãe. Vamos deixar o bolo na margem da Lagoa das Sereias. Esses meninos estão sempre nadando lá e brincando com as sereias. Eles vão encontrar o bolo e devorar tudo, pois, como não têm mãe, não sabem como é perigoso comer bolo com cobertura demais – ele caiu na risada, e dessa vez não foi um riso sem alegria. – Arrá, eles vão morrer!

Barrica vinha ouvindo tudo com crescente admiração.

– É o plano mais terrível e maravilhoso que eu já ouvi! – exclamou.

E, exultantes, os dois dançaram e cantaram:

Navio ao mar, velas ao ar,
O medo vamos espalhar,
Ninguém irá nos enfrentar,
O Gancho é o pior que há!

Eles começaram o verso, mas não chegaram a terminar, pois outro som surgiu e os deixou congelados. A princípio era um som tão pequenininho que uma folha poderia ter caído em cima dele e o esmagado, mas ele foi se aproximando e ficando mais fácil de ouvir.

Tic-tac, tic-tac.

Gancho, ainda com um pé no ar, começou a tremer.

– O crocodilo! – exclamou ele e saiu correndo, seguido por seu imediato.

Era mesmo o crocodilo. Havia ultrapassado os peles-vermelhas, que agora estavam na trilha dos outros piratas. E rastejou atrás de Gancho.

Os meninos emergiram da casa debaixo da terra mais uma vez; mas os perigos da noite ainda não haviam acabado, pois Bico chegou a toda e sem conseguir respirar, com uma alcateia de lobos no seu encalço. Os lobos tinham as línguas para fora, e seus rosnados eram terríveis.

– Socorro, socorro! – suplicou Bico, caindo no chão.

– Mas o que a gente pode fazer? O que a gente pode fazer?

Foi um grande elogio a Peter que, nessa hora tão difícil, eles tenham pensado nele.

– O que o Peter faria? – todos perguntaram simultaneamente.

Quase no mesmo fôlego, eles mesmos responderam:

– Ia olhar para eles com a cabeça enfiada no meio das pernas! Vamos fazer o que o Peter faria!

É realmente a maneira mais eficaz de enganar lobos e, no mesmo segundo, os meninos se inclinaram para a frente, enfiaram a cabeça no meio das pernas e olharam para a alcateia. O momento seguinte é de grande suspense; mas a vitória veio depressa, pois, quando os meninos avançaram sobre eles nessa postura terrível, os lobos enfiaram o rabo entre as pernas e deram no pé.

Então Bico se levantou do chão, e os outros acharam que seus olhos arregalados ainda estavam vendo os lobos. Mas não eram lobos que ele via.

– Eu vi uma coisa mais melhor ainda! – exclamou Bico, e os outros se aproximaram ansiosamente dele. – Um grande pássaro branco. Ele está voando para cá.

– Que tipo de pássaro você acha que é?

– Não sei – disse Bico, maravilhado –, mas ele parece estar muito cansado e não para de dizer "Coitada da Wendy!"

– Coitada da Wendy?

– Ah, eu me lembro – disse Magrelo imediatamente –, existe um pássaro chamado Wendy.

– Olhem, ele está chegando – gritou Caracol, apontando para Wendy no céu.

Wendy agora já estava quase acima deles, que podiam ouvir seu lamento. Mas mais forte ainda estava o som agudo da voz de Sininho. A ciumenta fada agora não estava nem mais fingindo que era amiga de Wendy e se lançava contra sua vítima vindo de todas as direções, beliscando-a cruelmente sempre que a tocava.

– Oi, Sininho! – cumprimentaram os meninos.

Sininho falou bem alto:

– O Peter quer que vocês atirem na Wendy.

Não fazia parte da natureza dos meninos perdidos questionar as ordens de Peter.

– Vamos fazer o que o Peter mandou – exclamaram os bobinhos. – Rápido, rápido, os arcos e as flechas!

Todos, menos Firula, pularam nos buracos de suas árvores. Firula já estava com um arco e uma flecha na mão, e Sininho, ao ver isso, esfregou as mãozinhas.

– Rápido, Firula, rápido! – gritou ela. – O Peter vai ficar tão feliz!

Firula, animado, colocou a flecha no arco.

– Saia da frente, Si! – gritou ele.

E atirou. Wendy caiu no chão com uma flecha enfiada no peito.

6

A CASINHA[39]

O BOBO DO FIRULA estava parado ao lado do corpo de Wendy com ar de guerreiro vitorioso quando os outros meninos surgiram armados de dentro de suas árvores.

– Vocês demoraram demais! – exclamou ele, orgulhoso. – Eu atirei na Wendy. O Peter vai ficar tão feliz comigo!

Do ar, Sininho gritou "Imbecil!" e fugiu em disparada para algum esconderijo. Os outros não escutaram o que ela disse. Eles haviam se aproximado de Wendy e, quando a viram de perto, fez-se um silêncio terrível na floresta. Se o coração de Wendy estivesse batendo, todos teriam escutado.

Magrelo foi o primeiro a dizer algo.

– Isso não é um pássaro – falou, amedrontado. – Acho que é uma moça.

– Uma moça? – repetiu Firula, começando a tremer.

– E a gente matou a moça – disse Bico, com a voz embargada.

Todos tiraram seus chapéus.

– Agora eu entendi – disse Caracol. – O Peter estava trazendo ela para a gente.

Ele desabou no chão, arrasado.

---

39. Em *Peter Pan em Kensington Gardens*, há um capítulo com o mesmo título. Nele, fadas constroem uma pequena casa em volta de Maimie Mannering – a personagem que, naquele livro, conhece Peter Pan – quando ela passa uma noite inteira dentro do parque para acompanhar uma festa das fadas.

– Finalmente, uma moça para cuidar da gente – disse um dos Gêmeos. – E você a matou.

Eles estavam com pena de Firula, mas com mais pena ainda de si mesmos, e quando Firula se aproximou, os outros se afastaram dele.

O rosto de Firula estava muito branco, mas havia nele uma dignidade que nunca estivera ali antes.

– Matei mesmo – disse ele, refletindo. – Quando as moças apareciam nos meus sonhos, eu dizia "Mãezinha bonita, mãezinha bonita". Mas, quando ela finalmente apareceu de verdade, eu atirei nela.

Ele se afastou devagar.

– Não vá embora! – disseram os outros, com pena.

– Eu tenho que ir – respondeu Firula, tremendo. – Estou com tanto medo do Peter.

Foi nesse momento trágico que eles ouviram um som que fez o coração de todos subir até a boca. Era Peter fazendo cocoricó que nem um galo.

– Peter! – exclamaram os meninos, pois era sempre assim que seu capitão indicava que estava voltando. – Vamos esconder a moça! – sussurraram eles, rapidamente formando um círculo em torno de Wendy.

Mas Firula permaneceu afastado.

Ouviu-se de novo um cocoricó bem alto, e Peter aterrissou diante deles.

– Saudações, meninos! – exclamou.

Os meninos o cumprimentaram mecanicamente, e voltaram a ficar em silêncio.

Peter franziu o cenho.

– Eu voltei! – disse ele, irritado. – Por que vocês não gritam de alegria?

Os meninos abriram a boca, mas os gritos se recusaram a sair. Peter decidiu perdoar isso, tal era sua pressa de contar a gloriosa novidade.

– Tenho uma notícia ótima, meninos! – exclamou ele. – Eu finalmente trouxe uma mãe para vocês todos.

O silêncio continuou absoluto, quebrado apenas pelo barulho de Firula caindo de joelhos no chão.

– Vocês não viram? – perguntou Peter, ficando preocupado. – Ela voou nessa direção.

– Ah, não – disse uma voz.

– Ah, que dia triste – disse outra.

Firula se levantou.

– Peter, eu vou mostrar para você onde ela está – disse ele, muito sério.

Os outros ainda tentaram esconder Wendy, mas Firula insistiu:

– Saiam da frente, Gêmeos. Deixem o Peter ver.

Todos se afastaram e o deixaram ver. E Peter, depois de olhar durante algum tempo, ficou sem saber o que fazer.

– Ela está morta – disse ele, sem jeito. – Talvez ela esteja com medo de estar morta.

Peter pensou em dar uns pulos engraçados até chegar a um lugar de onde não pudesse vê-la, e depois nunca mais voltar ali. Os meninos todos teriam adorado segui-lo se ele tivesse feito isso.

Mas Peter viu a flecha. Ele arrancou-a do coração de Wendy e encarou seu bando.

– De quem é essa flecha? – perguntou severamente.

– Minha, Peter – disse Firula, de joelhos.

– Ah, seu covarde! – disse Peter, erguendo a flecha para usá-la como uma adaga.

Firula não recuou. Ele abriu o peito.

– Pode me matar, Peter – disse ele com firmeza. – E não erre o alvo.

Por duas vezes Peter ergueu a flecha, e por duas vezes voltou a abaixar.

– Não consigo – disse, espantado. – Alguma coisa me impede.

Todos o olharam atônitos, com exceção de Bico, que, felizmente, olhou para Wendy.

– É ela! – exclamou ele. – A moça Wendy! Olhem para o braço dela!

É incrível, mas Wendy erguera o braço. Bico se inclinou sobre ela e ouviu, reverente.

– Acho que ela disse "Coitado do Firula" – sussurrou ele.

– Ela está viva – concluiu Peter.

– A moça Wendy está viva! – exclamou Magrelo imediatamente.

Peter ajoelhou-se ao lado de Wendy e encontrou a bolota que costumava usar de botão. Você deve lembrar que ela a colocara numa corrente que pusera em volta do pescoço.

– Olhem, a flecha bateu nisto aqui – disse ele. – É o beijo que eu dei. Salvou a vida dela.

– Eu lembro o que são beijos – interrompeu Magrelo. – Dê aqui para eu ver. É, é um beijo mesmo.

Peter não escutou. Ele estava implorando a Wendy que melhorasse logo, para que ele pudesse lhe mostrar as sereias. É claro que ela ainda não conseguia responder, pois ainda estava meio desmaiada; mas, lá de cima, veio um lamento.

– Ouçam só a Sininho – disse Caracol. – Ela está chorando porque a Wendy está viva.

Aí os meninos tiveram que contar a Peter sobre o crime de Sininho, e ele fez a cara mais brava que eles já tinham visto na vida.

– Ouça, Sininho! – exclamou Peter. – Eu não sou mais seu amigo! Fique longe de mim para sempre!

Sininho voou para o ombro de Peter e suplicou, mas ele a espanou dali. Só depois que Wendy levantou o braço de novo Peter abrandou um pouco e disse:

– Bom, para sempre não, mas por uma semana!

Vocês acham que Sininho ficou grata a Wendy por ela ter levantado o braço? Ah não, foi aí que ela teve mais vontade do que nunca de dar um beliscão na menina. As fadas são mesmo esquisitas, e Peter, que as compreendia melhor do que ninguém, vivia dando umas boas palmadas nelas.

Mas o que fazer com Wendy em seu delicado estado de saúde?

– Vamos carregá-la lá para baixo, para nossa casa – sugeriu Caracol.

– Isso – disse Magrelo. – É isso que se faz com as moças.

– Não, não – disse Peter. – Vocês não podem tocar nela. É falta de respeito.

– Era isso que eu estava pensando – disse Magrelo.

– Mas se ela ficar deitada aí, vai morrer – disse Firula.

– É, vai morrer – admitiu Magrelo. – Mas não tem outro jeito.

– Tem, sim! – exclamou Peter. – Vamos construir uma casinha em volta dela!

Todos amaram a ideia.

– Rápido, vocês todos! Tragam tudo de melhor que a gente tem. Esvaziem a nossa casa. Andem logo! – ordenou Peter.

Num instante, todos os meninos estavam tão ocupados quanto uma costureira na véspera de um casamento. Eles correram de um lado para o outro, descendo para pegar roupa de cama, subindo para pegar madeira para o fogo. E, enquanto estavam ocupados com isso, João e Miguel apareceram. Eles se arrastaram alguns passos e caíram no sono enquanto andavam. Aí pararam, acordaram, deram mais um passo e dormiram de novo.

– João, João – gemeu Miguel. – Acorde! Cadê a Naná, João? E a mamãe?

João esfregou os olhos e murmurou.

– É verdade, a gente voou mesmo.

Pode ter certeza de que eles ficaram muito aliviados ao encontrar Peter.

– Oi, Peter – disseram os dois.

– Oi – respondeu Peter num tom cordial, embora houvesse esquecido completamente deles.

Peter estava muito ocupado naquele momento, medindo Wendy com os pés para ver o tamanho que a casa dela ia precisar ter. É claro que ele pretendia deixar um espaço para cadeiras e uma mesa. João e Miguel ficaram observando.

– A Wendy está dormindo? – perguntaram eles.

– Está.

– João, vamos acordar a Wendy e pedir para ela fazer um jantar para nós – propôs Miguel.

Mas, quando ele disse isso, alguns dos outros meninos apareceram correndo, trazendo galhos para construir a casa.

– Olhe só para eles! – exclamou Miguel.

– Caracol – disse Peter em seu tom mais capitanesco –, mande esses meninos ajudarem na construção da casa.

– Sim, senhor.

– Construção da casa? – disse João.

– Para a Wendy – disse Caracol.

– Para a Wendy? – disse João, escandalizado. – Ora, mas ela é só uma menina!

– É por isso que nós somos os empregados dela – explicou Caracol.

– Vocês? Empregados da Wendy?!

– Isso – disse Peter. – E vocês também. Andem logo!

Os aturdidos irmãos foram arrastados e obrigados a cortar, serrar e carregar madeira.

– Primeiro, a gente faz as cadeiras e o guarda-fogo da lareira – mandou Peter. – Depois, construímos a casa em volta deles.

– Isso – disse Magrelo. – É assim que uma casa é construída. Acabei de me lembrar.

Peter pensava em tudo.

– Magrelo, vá buscar um médico – mandou ele.

– Sim, senhor – disse Magrelo imediatamente.

Ele saiu dali, coçando a cabeça. Mas Magrelo sabia que Peter tinha que ser obedecido e logo voltou, usando a cartola de João e fazendo uma cara muito séria.

– Com licença, senhor – disse Peter, se aproximando dele. – O senhor é médico?

A diferença de Peter para os outros meninos em momentos como aquele é que eles sabiam que aquilo era faz de conta, enquanto para Peter faz de conta e realidade eram exatamente a mesma coisa. Isso às vezes perturbava os meninos, como quando eles tinham que fazer de conta que já tinham jantado. Se parassem a brincadeira no meio, Peter dava palmadas nas mãos deles.

– Sim, rapazinho – respondeu ansiosamente Magrelo, que já tinha a mão esfolada de tanto levar palmada.

– Por favor, senhor, aqui tem uma moça muito doente – explicou Peter.

Wendy estava bem ao lado dos pés deles, mas Magrelo teve o bom senso de não vê-la.

– Tsc, tsc, tsc – disse ele. – Onde ela está?

– Naquela clareira ali embaixo.

– Eu vou colocar uma coisa de vidro na boca dela – disse Magrelo.

E ele fingiu fazer isso enquanto Peter esperava. Foi aquele suspense quando a coisa de vidro foi retirada da boca de Wendy.

– Como ela está? – perguntou Peter.

– Tsc, tsc, tsc – disse Magrelo. – Isso que eu fiz curou a moça.

– Que bom! – exclamou Peter.

– Eu passo aqui de novo hoje à noite – disse Magrelo. – A moça tem que beber chá de bife numa xícara com bico de chaleira.

Mas, após devolver a cartola para João, Magrelo suspirou fundo, algo que sempre fazia quando escapava de uma dificuldade.

Nesse meio-tempo, a floresta estivera fervilhando com o barulho dos machados. Quase tudo que era necessário para um lar aconchegante já havia sido depositado aos pés de Wendy.

– Ah, se a gente soubesse de que tipo de casa ela gosta mais – disse um dos meninos.

– Peter! – gritou outro. – Ela está se mexendo enquanto dorme!

– A boca dela está abrindo! – exclamou um terceiro, observando-a com grande respeito. – Nossa, que linda!

– Acho que ela vai cantar enquanto dorme – disse Peter. – Wendy, diga cantando o tipo de casa que você gostaria de ter.

Imediatamente, sem abrir os olhos, Wendy começou a cantar:

Eu queria uma casinha
Tão pequenina de se ver,
Com paredes bem vermelhas,
E no teto musgo a crescer

Os meninos gargalharam de alegria ao ouvir isso, pois, pela maior sorte desse mundo, os galhos que haviam trazido estavam grudentos de seiva vermelha, e o solo da clareira parecia um tapete de musgo. Enquanto faziam a casinha, eles também cantaram:

A gente fez parede e teto
E uma porta bem linda
Diga, mamãe Wendy,
O que você quer ainda?

Wendy respondeu, com certa ganância:

Agora quero janelas
É meu pedido da vez,
Com rosas aqui fora
E dentro os meus bebês

Eles usaram os punhos para fazer janelas, e colocaram enormes folhas amarelas para servir de cortina. Mas onde arrumar rosas?

– Rosas! – exclamou Peter, muito sério.

Bem depressa, eles fizeram de conta que estavam plantando as rosas mais lindas pelas paredes.

E os bebês?

Para impedir Peter de exigir que eles arrumassem bebês, os meninos rapidamente se puseram a cantar de novo:

As rosas estão prontas
E os bebês bem aqui fora,
Não podemos nos fazer,
Fomos feitos outra hora

Peter, vendo que essa era uma boa ideia, imediatamente fingiu que tinha pensado nela. A casa era muito linda e sem dúvida Wendy estava bem quentinha lá dentro. Só que, claro, eles não conseguiam mais vê-la. Peter caminhou de um lado para o outro, dando ordens para que os meninos dessem os últimos retoques. Nada escapava aos seus olhos de águia. Bem quando a casa parecia estar toda feita, ele disse:

– A porta não tem aldrava.

Os meninos morreram de vergonha, mas Firula ofereceu a sola do seu sapato, e ela deu uma aldrava excelente.

Agora sim estava toda feita, pensaram os meninos.

Nada disso.

– Não tem chaminé – disse Peter. – Tem que ter chaminé.

– A casa precisa mesmo de uma chaminé – disse João com ar de sabe-tudo.

Isso fez com que Peter tivesse uma ideia. Ele arrancou a cartola da cabeça de João, fez um buraco no topo dela e colocou-a no teto. A casinha ficou tão feliz de ter uma chaminé tão legal que, como se quisesse dizer obrigada, começou imediatamente a soltar fumaça pela cartola.

Agora estava mesmo feita de vez. Só faltava bater na porta.

– Todo mundo se arrumando – avisou Peter. – A primeira impressão é muito importante.

Ele ficou feliz por ninguém lhe perguntar o que era uma primeira impressão; todos estavam ocupados demais se arrumando.

Peter bateu educadamente. A floresta fez um silêncio tão profundo quanto o das crianças e o único som que se ouvia era o tilintar de Sininho, que estava observando a cena de cima de um galho e fazendo uma careta de desprezo.

O que os meninos estavam se perguntando era: será que alguém ia abrir a porta? Se fosse uma moça, como ela seria?

A porta se abriu e uma moça saiu de dentro da casa. Era Wendy. Todos os meninos tiraram o chapéu.

Ela fez cara de surpresa, e era isso mesmo que eles haviam torcido para que fizesse.

– Onde estou? – perguntou Wendy.

É claro que Magrelo foi o primeiro a responder.

– Moça Wendy – disse ele bem depressa –, a gente construiu essa casa para você.

– Ah, diga que você gostou! – exclamou Bico.

– Que linda casinha! – disse Wendy, e era isso mesmo que eles haviam torcido para que dissesse.

– E nós somos seus filhos! – exclamaram os Gêmeos.

Todos caíram de joelhos e, estendendo os braços, pediram:

– Oh, moça Wendy, seja nossa mãe!

– Será? – disse Wendy, radiante de alegria. – É claro que é uma proposta fascinante. Mas, sabem, eu sou só uma menina. Não tenho experiência de verdade.

– Isso não importa – disse Peter, como se ele fosse a única pessoa ali que entendia daquilo, embora na verdade fosse o que menos entendia. – A gente só precisa de uma pessoa legal que seja assim, meio mãe.

– Nossa! – disse Wendy. – Olhem, acho que sou exatamente assim.

– É, sim! – exclamaram todos. – A gente logo viu!

– Muito bem – disse ela. – Vou fazer o melhor que posso. Entrem agora mesmo, crianças levadas. Aposto que vocês estão com os pés molhados. E, antes de vocês irem para a cama, posso contar como termina a história da Cinderela.

Os meninos entraram na casinha. Não sei como tinha espaço para todo mundo lá dentro, mas, na Terra do Nunca, dá para se apertar bastante. E essa foi a primeira de muitas noites alegres que eles passaram com Wendy. Após algum tempo, Wendy ajeitou as cobertas de todos na enorme cama que havia na casa debaixo da terra, mas aquela noite ela dormiu em sua casinha. Peter ficou mantendo guarda do lado de fora com a espada em punho, pois dava para ouvir ao longe os piratas festejando, e os lobos estavam à caça de presas. A casinha ficou muito aconchegante e segura na escuridão, com uma luzinha aparecendo entre as cortinas, a chaminé soltando uma linda fumaça e Peter de guarda. Após algum tempo ele adormeceu, e algumas fadas trôpegas tiveram que subir nele para voltar para casa após um banquete. Se fosse qualquer outro menino obstruindo o caminho das fadas, elas teriam feito uma maldade com ele; mas, como era Peter, elas só beliscaram seu nariz e seguiram em frente.

A casinha ficou muito aconchegante e segura na escuridão, com a chaminé soltando fumaça e Peter de guarda.

7

A casa debaixo da terra

Uma das primeiras coisas que Peter fez no dia seguinte foi tirar as medidas de Wendy, João e Miguel para encontrar árvores ocas para eles. Você deve lembrar que Gancho desprezara os meninos por acharem que precisavam de uma árvore para cada um, mas isso era ignorância, pois, se sua árvore não era sob medida, ficava difícil subir e descer, e todos os meninos eram de tamanhos diferentes. Quando a medida estava certa, a pessoa prendia a respiração lá em cima e descia na velocidade certinha. Já para subir, prendia e soltava a respiração alternadamente, se espremendo para cima. É claro que depois de praticar bastante a gente consegue fazer tudo isso sem nem pensar, e com bastante elegância.

Mas tem que caber certinho, e Peter tira suas medidas para a árvore tão cuidadosamente quanto se estivesse medindo você para uma roupa. A única diferença é que as roupas são feitas para caber na pessoa, enquanto você é que tem que caber na árvore. Em geral, isso é resolvido de maneira bastante simples, é só você colocar algumas roupas extras ou não usar quase nenhuma na hora de entrar; mas, se você tiver uns calombos nuns lugares esquisitos ou se a única árvore disponível tiver um formato estranho, Peter faz alguns ajustes em você, e depois você cabe direitinho. Quando isso acontece, você tem que tomar muito cuidado para continuar cabendo na árvore e isso, como Wendy viria a descobrir para seu grande deleite, mantém uma família em perfeita forma.

Wendy e Miguel couberam em suas árvores na primeira tentativa, mas Peter teve que fazer alguns ajustes em João. Após alguns dias de prática, eles já sabiam subir e descer com a facilidade de baldes num poço. E os três, Wendy principalmente, passaram a amar tanto sua casa debaixo da terra! A casa tinha apenas um enorme cômodo, como todas as casas deveriam ter, e um chão no qual você podia fazer um buraco se quisesse pescar. Nesse chão cresciam enormes cogumelos de uma cor linda, que eram usados como banquinhos. Uma Árvore do Nunca fazia de tudo para crescer no centro do cômodo, mas todas as manhãs eles serravam o tronco e o deixavam da altura do chão. Na hora do chá ela já estava sempre com meio metro de altura. Eles então colocavam a porta em cima dela e a transformavam em mesa. Assim que desmontavam a mesa, serravam o tronco de novo, ficando com mais espaço para brincar. Havia uma enorme lareira que ficava em quase qualquer canto do cômodo onde você quisesse fazer um fogo e, sobre ela, Wendy estendia cordas feitas de fibras onde botava a roupa limpa para secar.

A cama ficava encostada na parede durante o dia e era posta no chão lá pelas 18h30, quando ocupava quase metade do cômodo. E todos os meninos, com exceção de Miguel, dormiam nela, apertados como sardinhas em lata. Uma das regras dizia que era estritamente proibido virar de lado sem dar o sinal antes, após o qual todos viravam ao mesmo tempo. Miguel deveria ter dormido ali também; mas Wendy fez questão de ter um bebê, e ele era o menor de todos. Você sabe como são as mulheres. Em resumo, ele acabou tendo que dormir num bercinho pendurado no teto.

A casa era simples e rústica, bem parecida com a casa subterrânea que filhotes de urso teriam construído nas mesmas circunstâncias. Mas havia um nicho na parede, não muito maior que uma gaiola de passarinho, que era o aposento exclusivo de Sininho. Ele podia ser separado do resto da casa por uma minúscula cortina que Sininho, que tinha muitas frescuras, sempre mantinha fechada quando estava trocando de roupa. Nenhuma mulher, por maior que fosse, poderia ter um quarto mais lindo. O canapé, como Sininho gostava de chamar o sofá, era um Rainha Mab[40] genuíno com pés em curva; e ela mudava a roupa de cama de modo a combinar sempre com a flor da estação. O espelho era um Gato de Botas, sendo que os antiquários das fadas só têm notícia de três deles intactos no mundo. A mesinha retrátil onde ficavam a bacia e a jarra que Sininho usava para se lavar tinha as bordas todas trabalhadas. A cômoda era uma autêntica Príncipe Encantado VI, e o carpete e os tapetes eram do melhor período (o inicial) do reinado de Pisco e Pega-Rabuda. Havia ainda um candelabro Adedanha, só para decorar, pois obviamente a própria Sininho iluminava o aposento. Ela sentia um grande desprezo pelo resto da casa, o que talvez fosse inevitável; e seu quarto, embora lindo, era muito pretensioso, tendo a aparência de um nariz sempre empinado.

Imagino que tudo aquilo fosse especialmente extasiante para Wendy, pois seus meninos levados lhe davam muito o que fazer. Houve semanas inteiras em que ela trabalhou tanto que só conseguia sair um pouco de debaixo da terra quando pegava uma meia para cerzir no fim do dia. Tinha que fazer tanta comida que, posso lhes assegurar, não tirava o nariz da panela. A alimentação deles era composta principalmente por fruta-pão grelhada, inhame, cocos, porco assado, abricós, rolinhos de tapioca e bananas, acompanhados por cabaças de suco de seriguela. Mas eles nunca sabiam se ia haver uma refeição de verdade ou só uma de faz de conta, tudo dependia do humor de Peter. Ele às vezes comia muito, muito mesmo, se isso fosse parte de uma brincadeira; mas nunca comia só para se empanturrar, que é o que a maioria das crianças mais gosta de fazer na vida. A segunda melhor coisa é falar sobre fazer isso. O faz de conta era tão real para Peter que durante uma refeição de mentirinha ele até engordava. É claro que era difícil, mas todos eram obrigados a fazer o que ele mandava. Só que, se

40. Rainha das fadas e governadora dos sonhos no folclore inglês. Na quarta cena do primeiro ato de *Romeu e Julieta* (1597), William Shakespeare descreve Mab por meio do personagem Mercúcio: "Assim posta,/ noite após noite ela galopa pelo/ cérebro dos amantes que, então, sonham/ com coisas amorosas ... ." (Tradução de Carlos Alberto Nunes.)

alguém conseguia provar para Peter que estava ficando magro demais para sua árvore, ele deixava a pessoa se empanturrar.

A hora em que Wendy mais gostava de costurar e cerzir era quando todos eles já tinham ido para a cama. Aí ela tinha um momento de paz, como gostava de dizer; e passava-o fazendo roupas novas para os meninos, ou colocando um forro a mais nos joelhos, pois essa era a parte da roupa que eles sempre rasgavam primeiro.

Quando Wendy se sentava com uma cesta cheia de meias para cerzir, todas com um furo enorme no calcanhar, ela jogava os braços para o alto e exclamava:

– Meu Deus, às vezes acho que quem não tem filho é que é sortudo!

Mas sempre abria um enorme sorriso quando dizia isso.

Você deve lembrar do lobinho de estimação de Wendy. Bom, ele logo descobriu que ela viera para a ilha e encontrou-a, e eles correram para os braços um do outro. Depois disso, o lobinho passou a ficar o dia todo atrás dela.

Conforme o tempo foi passando, será que Wendy pensou muito nos adorados pais que havia deixado para trás? Essa é uma pergunta difícil, pois é impossível saber de que forma o tempo passa na Terra do Nunca, onde ele é calculado pela lua e pelo sol, mas onde há muito mais luas e sóis do que no resto do mundo. Mas eu temo que Wendy não se preocupasse muito com seu pai e sua mãe; ela tinha certeza absoluta de que eles sempre iam deixar a janela aberta para que ela pudesse entrar voando, e isso a deixava na mais perfeita tranquilidade.

O que a perturbava, às vezes, era que João só lembrava vagamente dos pais, como pessoas que havia conhecido um dia, enquanto Miguel sempre se confundia e achava que Wendy era sua mãe de verdade. Isso deixava Wendy um pouco assustada e, com o nobre propósito de fazer a coisa certa, ela tentava ajudá-los a lembrar melhor da vida antiga obrigando-os a fazer provas sobre o assunto, muito parecidas com aquelas que costumava fazer na escola. Os outros meninos achavam isso tudo muito interessante, e insistiam em participar. Eles arrumavam um lugar onde pudessem anotar as respostas e sentavam à mesa, escrevendo e quebrando a cabeça com as perguntas que Wendy escrevia num caderno improvisado e passava de mão em mão. Eram as perguntas mais fáceis do mundo: "Qual era a cor dos olhos da mamãe? Quem era mais alto, o papai ou a mamãe? A mamãe era loura ou morena? Responda todas as três, se possível." Ou: "(A) Escreva uma redação de não menos de 40 palavras sobre o tema 'Como eu passei meu último Natal' ou o tema 'Uma comparação das personalidades do papai e da mamãe'. É preciso escolher um dos temas." Ou: "(1) Descreva a risada da mamãe; (2) Descreva a risada do papai; (3) Descreva o vestido de festa da mamãe; (4) Descreva a casinha de cachorro e quem dorme nela."

As perguntas eram bobas assim, e quando você não sabia responder tinha que marcar uma cruz no lugar da resposta; e era horrível ver quantas cruzes João fazia. É claro que o único menino que respondia todas as perguntas era Magrelo. Ele sempre tinha grandes esperanças de ser o primeiro da turma, mas suas respostas eram completamente ridículas, e ele sempre tirava a nota mais baixa, o que era algo muito melancólico.

Peter não participava da brincadeira. Em primeiro lugar, ele desprezava todas as mães, com exceção de Wendy; e, em segundo lugar, era o único menino da ilha que não sabia ler nem escrever; nem a menor palavrinha. Ele estava acima dessas coisas.

Aliás, as perguntas sempre eram escritas no passado. Qual *era* a cor dos olhos da mamãe e por aí vai. Pois Wendy também estava esquecendo.

As aventuras, como nós vamos ver a seguir, aconteciam todos os dias na ilha; mas nessa época Peter, com a ajuda de Wendy, inventou uma brincadeira nova que o deixou inteiramente fascinado até que, de repente, ele perdeu o interesse por ela, que, como você já sabe, era o que sempre acontecia com as brincadeiras dele. A brincadeira era fingir que não existiam aventuras e fazer o tipo de coisa que João e Miguel tinham feito a vida toda: sentar em bancos, jogar uma bola para cima, empurrar uns aos outros, sair para dar uma caminhada e voltar sem ter matado nem mesmo um urso. Ver Peter sentadinho num banco sem fazer nada era muito engraçado; ele às vezes não conseguia se controlar e fazia uma cara muito séria, pois achava que não fazer nada era uma coisa hilária. E se gabava que tinha ido dar uma caminhada pelo bem de sua saúde como quem estivesse contando uma vantagem. Durante muitos sóis, essa foi a aventura mais diferente do mundo para ele; e João e Miguel tinham que fingir estar adorando aquilo também, ou levavam a maior bronca.

Peter muitas vezes saía sozinho e, quando voltava, os outros nunca tinham certeza absoluta se havia ou não tido uma aventura. Ele às vezes esquecia tão completamente dela que não falava nada; e aí alguém saía de casa e encontrava o corpo. Por outro lado, às vezes falava muito da aventura, mas ninguém encontrava corpo nenhum. Em outras ocasiões, Peter chegava em casa com um curativo na cabeça, e Wendy o mimava e lavava o ferimento com água morna enquanto ele falava sobre seu impressionante feito. Porém ela nunca tinha certeza se aquilo acontecera de verdade.

Mas muitas aventuras Wendy sabia que haviam acontecido mesmo, pois ela própria participara delas. E outras que eram verdade pelo menos em parte, pois os outros meninos haviam participado e diziam que eram completamente verdade. Para descrever todas, seria necessário um livro tão grande quanto um dicionário de latim, e o máximo que eu posso fazer é dar uma como exemplo de uma hora como qualquer outra na Terra do Nunca. A dificuldade é qual escolher. A briga com os peles-vermelhas na Ravina Magrelo? Foi uma batalha sangrenta e especialmente interessante, pois mostra uma das peculiaridades de Peter, que era que, no meio de uma briga, ele às vezes trocava de lado de repente. Na Ravina, quando ainda não era possível saber qual dos dois lados ia ganhar, sendo que ora um, ora outro parecia estar levando vantagem, ele gritou:

– Eu sou pele-vermelha hoje! E você, Firula?

E Firula respondeu:

– Pele-vermelha! E você, Bico?

E Bico disse:

– Pele-vermelha! E você, Gêmeo?

E por aí foi. Todos eles viraram peles-vermelhas, e é claro que isso teria acabado com a briga se os verdadeiros peles-vermelhas, fascinados com os métodos de Peter, não houvessem concordado em ser meninos perdidos só daquela vez. Assim, tudo recomeçou, mais violento do que nunca.

O extraordinário resultado dessa aventura foi que… mas eu ainda não decidi se essa vai ser a aventura que vou narrar. Talvez seja melhor contar aquela sobre o ataque noturno dos peles-vermelhas à casa debaixo da terra, quando diversos deles ficaram entalados nas árvores ocas e tiveram que ser arrancados de lá como rolhas. Ou eu posso contar como Peter salvou a vida de Princesa Tigrinha na Lagoa das Sereias, transformando-a numa aliada.

Ou eu posso falar do bolo que os piratas fizeram para que os meninos comessem e morressem; e sobre como o colocaram em diversos lugares diferentes, cada um mais estratégico do que outro; mas Wendy sempre arrancava o bolo das mãos de seus filhos e, após algum tempo, ele perdeu sua suculência e ficou duro como uma pedra. O bolo acabou sendo usado numa catapulta, e Gancho tropeçou nele no escuro e caiu.

Quem sabe eu falo dos pássaros que eram amigos de Peter, particularmente da fêmea de Pássaro do Nunca, que fez seu ninho numa árvore que se debruçava sobre a lagoa. O ninho caiu na água, mas mesmo assim ela continuou chocando seus ovos, e Peter ordenou que os meninos perdidos não a incomodassem. Essa é uma história bonita, e o final mostra quanta gratidão um pássaro é capaz de sentir; mas, se eu for contar, tenho que contar logo toda a aventura da lagoa, o que, é claro, faria com que estivesse contando duas aventuras em vez de uma. Uma aventura menor, mas tão arrepiante quanto essa, foi a vez em que Sininho, com a ajuda de algumas fadas bandidas, se aproveitou do fato de Wendy estar dormindo para colocá-la em cima de uma folha enorme e tentar fazer com que esta fosse boiando para longe da ilha. Felizmente a folha afundou e Wendy acordou, achando que estava na hora do banho, e nadou de volta. Ou eu posso falar também do dia em que Peter desafiou os leões, usando uma flecha para desenhar um círculo em torno de si no chão e perguntando quem tinha coragem de pisar ali dentro. Ele passou horas esperando, com os outros meninos e Wendy observando apavorados de cima das árvores, mas ninguém ousou aceitar o desafio.

Qual dessas aventuras a gente vai escolher? O melhor jeito é tirar cara ou coroa.

Já tirei, e a aventura da lagoa ganhou. Isso quase me faz desejar que a aventura da ravina, do bolo ou de Sininho houvesse ganhado. É claro que eu poderia jogar a moeda de novo e fazer melhor de três; mas acho que é mais justo ficar com a da lagoa mesmo.

8

A Lagoa das Sereias

Se você tiver sorte pode ser que, às vezes, quando fechar os olhos, veja uma poça suspensa na escuridão, sem forma e de lindas águas pálidas; aí, se apertar mais os olhos, a poça começa a tomar forma e as cores ficam tão vivas que, se você apertar mais um pouco, vão pegar fogo. Mas, logo antes disso, você vê a lagoa. É o mais perto que dá para chegar dela quando se está fora da ilha, e só dura um maravilhoso segundo. Se pudessem ser dois segundos, você talvez visse a espuma das ondas e ouvisse o canto das sereias.

As crianças muitas vezes passavam longos dias de verão nessa lagoa, nadando ou boiando durante a maior parte do tempo, brincando das brincadeiras das sereias na água e assim por diante. Isso não quer dizer que as sereias fossem amigas delas; ao contrário, uma das maiores decepções de Wendy foi nunca ter ouvido sequer uma gentileza delas durante todo o tempo que passou na ilha. Quando Wendy ia devagarzinho até a beira da lagoa, às vezes via sereias aos montes, principalmente na Pedra do Abandono, onde elas adoravam tomar sol penteando os cabelos de um jeito preguiçoso que a irritava bastante. Wendy às vezes nadava pé ante pé, por assim dizer, até ficar a cerca de um metro delas, mas aí as sereias a viam e mergulhavam, jogando água nela com suas caudas, não sem querer, mas de propósito.

As sereias tratavam todos os meninos do mesmo jeito, exceto, é claro, Peter, que conversava horas com elas na Pedra do Abandono e sentava em suas caudas quando elas lhe faltavam com o respeito. Ele deu um pente das sereias para Wendy.

O momento mais impressionante para ver as sereias é na mudança da lua, quando elas emitem um som estranho e melancólico; mas a lagoa é perigosa para os mortais nessa hora e, até essa noite sobre a qual eu falarei agora, Wendy jamais havia visto o local à luz do luar. Não tanto por medo, pois é claro que Peter a teria acompanhado se ela quisesse, e mais porque ela exigia que todos estivessem na cama às sete horas. Mas Wendy muitas vezes ia à lagoa nos dias de sol após a chuva, quando um número extraordinário de sereias vinha à tona brincar com as bolhas. Elas brincam com as bolhas coloridas que surgem na água de arco-íris como se elas fossem bolas, atirando-as alegremente umas para as outras com as caudas, e tentando mantê-las debaixo do arco-íris até estourarem. Os gols ficam nas duas pontas do arco-íris, e as goleiras só podem usar as mãos. Às vezes, centenas de sereias vêm brincar na lagoa ao mesmo tempo, e é uma cena muito bonita.

Mas, no segundo em que as crianças tentavam entrar na brincadeira, tinham que jogar sozinhas, pois as sereias desapareciam. No entanto, nós temos a prova de que elas observavam escondidas os intrusos e não desprezavam as ideias deles, pois João introduziu uma nova maneira de bater na bolha, com a cabeça em vez de com a mão, e as goleiras sereias adotaram a prática. Foi a única marca que João deixou na Terra do Nunca.

Também devia ser muito bonito ver as crianças descansando numa pedra por meia hora após o almoço. Wendy insistia que fizessem isso, e o descanso tinha que ser de verdade mesmo que o almoço fosse de faz de conta. Assim, eles ficavam deitados com os corpos brilhando à luz do sol, enquanto ela ficava sentada ao lado deles com um ar importante.

Num dia como esse, os meninos estavam todos deitados na Pedra do Abandono. A pedra não era muito maior do que a enorme cama que havia na casa debaixo da terra, mas é claro que todos eles sabiam como ocupar pouco espaço. Estavam todos dormindo, ou pelo menos deitados de olhos fechados, se beliscando quando achavam que Wendy não estava prestando atenção. Ela estava muito ocupada costurando.

SUMMER DAYS ON THE LAGOON

Às vezes, centenas de sereias vêm brincar na lagoa ao mesmo tempo.

Enquanto Wendy costurava, algo mudou na lagoa. A superfície se arrepiou, o sol se escondeu e sombras se espalharam devagar pela água, esfriando-a. Wendy não conseguia mais enxergar o buraco da agulha e, quando ergueu os olhos, viu que a lagoa, que sempre havia sido um lugar tão alegre, estava com um aspecto assustador e hostil.

Não era porque a noite havia chegado, ela sabia, mas algo tão escuro quanto a noite havia chegado. Não, era pior ainda. Não havia chegado, mas mandara aquele arrepio do mar para avisar que estava chegando. O que era?

Wendy se lembrou de repente de todas as histórias que já ouvira sobre a Pedra do Abandono, que tinha esse nome porque alguns capitães perversos abandonavam marinheiros ali para que se afogassem. Eles se afogavam quando a maré subia, pois quando isso acontece a pedra fica submersa.

É claro que Wendy deveria ter acordado imediatamente as crianças; não apenas por causa do desconhecido que estava se aproximando deles, mas porque não seria bom para elas dormir naquela pedra, que agora estava fria. Mas Wendy era uma mãe jovem, e ela não sabia disso; achava que você tem que seguir a regra de dormir meia hora depois do almoço. Por isso, embora estivesse com medo e louca para ouvir vozes de meninos, recusou-se a acordá-los. Mesmo quando ouviu o ruído distante de remos na água e ficou com o coração na boca, não os acordou. Ficou ali, tomando conta deles e permitindo que descansassem. Ela não foi corajosa?

Mas, para a sorte dos meninos, um deles podia sentir cheiro de perigo até quando estava dormindo. Peter deu um pulo, despertando num segundo como um cachorro e, com um grito de aviso, acordou todos os outros.

Ele ficou imóvel, com a mão em concha na orelha.

– Piratas! – gritou Peter.

Os outros se aproximaram. Havia um estranho sorriso no rosto dele, e Wendy estremeceu quando o viu. Quando aquele sorriso surgia no rosto de Peter, ninguém ousava falar com ele; eles apenas se preparavam para obedecer. A ordem foi curta e incisiva.

– Mergulhem!

Viu-se um lampejo de pernas e instantaneamente a lagoa pareceu deserta. A Pedra do Abandono estava sozinha naquelas águas ameaçadoras, como se ela própria houvesse sido abandonada.

O barco se aproximou. Era o bote dos piratas com três pessoas dentro: Barrica, Cavalheiro Starkey e uma prisioneira, ninguém menos do que a Princesa Tigrinha. Suas mãos e tornozelos estavam amarrados, e ela sabia qual seria seu destino. Ela seria largada na pedra para morrer ali, um fim que, para uma pessoa de sua tribo, era mais terrível que a morte pelo fogo e pela tortura, pois não estava escrito no livro sagrado dos Piccaninnies que nenhum dos caminhos que leva ao Eterno Campo de Caça passa pela água? Mas o rosto de Tigrinha estava impassível; ela era uma filha de chefe, e tinha de morrer como uma filha de chefe. Simples assim.

Os piratas a haviam flagrado entrando no navio com uma faca na boca. Ninguém ficava de guarda ali, pois Gancho se vangloriava do fato de que apenas o som do seu nome protegia o navio por um raio de mais de um quilômetro. Agora, o destino de Princesa Tigrinha também ia fazer com que os inimigos dos piratas pensassem duas vezes. Ela seria mais uma vítima do Capitão Gancho.

Na penumbra que trouxeram consigo, os dois piratas só viram a pedra quando bateram nela.

– Cuidado, sua besta! – gritou uma voz com sotaque irlandês que pertencia a Barrica. – Já chegamos à pedra. Bom, agora é alçar a pele-vermelha lá para cima e largar a danada para ela se afogar.

Em poucos segundos de brutalidade, a linda menina estava sobre a pedra; ela era orgulhosa demais para resistir quando sabia que seria em vão.

Bem perto da pedra, mas fora do campo de visão dos piratas, havia duas cabeças que saíam de dentro d'água de tempos em tempos – a de Peter e a de Wendy. Wendy estava chorando, pois essa era a primeira tragédia que via. Peter já vira muitas tragédias, mas havia esquecido todas. Ele sentia menos pena de Tigrinha do que Wendy; mas ficou furioso ao ver que eram dois contra uma, e pretendia salvá-la. Um jeito fácil teria sido esperar que os piratas fossem embora, mas Peter nunca escolhia o jeito fácil.

Não havia quase nada que Peter não sabia fazer, e ele imitou a voz do Capitão Gancho:

– Ei, seus panacas! – gritou ele.

Foi uma imitação maravilhosa.

– O capitão! – disseram os piratas se entreolhando, surpresos.

– Ele deve estar nadando na nossa direção – disse Cavalheiro Starkey, depois de terem procurado por Gancho em vão.

– Estamos colocando a pele-vermelha na pedra! – gritou Barrica.

– Soltem a pele-vermelha! – foi a espantosa resposta.

– Soltar?

– Isso, cortem a corda e deixem a moça ir embora!

– Mas, capitão...

– Agora. Ouviram bem? – exclamou Peter. – Ou eu enfio o gancho em vocês!

– Que esquisito – disse Barrica, atônito.

– Melhor fazer o que o capitão mandou – disse Cavalheiro Starkey, nervoso.

– Tudo bem – disse Barrica.

Ele cortou a corda que prendia Princesa Tigrinha. No mesmo segundo, ela deslizou como uma enguia, passando por entre as pernas de Cavalheiro Starkey e mergulhando na água.

É claro que Wendy ficou radiante com a esperteza de Peter; mas ela sabia que ele ia ficar radiante também, e que era muito provável que fosse cocoricar e, assim, se trair. Por isso, ela imediatamente levantou a mão para tapar a boca dele. Mas ficou com a mão no ar, imóvel, pois a voz de Gancho ressoou pela lagoa, dizendo:

– Ó de bordo!

Dessa vez, não tinha sido Peter quem falara. Ele estava prestes a cocoricar mesmo, mas fez um bico e soltou um assobio de surpresa.

– Ó de bordo! – alguém gritou de novo.

Agora Wendy entendeu. O verdadeiro Gancho também estava na água.

Ele estava nadando para o bote e, como seus homens usaram um lampião para guiá-lo, logo chegou lá. À luz da lanterna, Wendy viu o gancho dele agarrando a lateral do bote e sua perversa cara morena quando ele saiu pingando da água. Tremendo, ela quis nadar para longe, mas Peter se recusou a sair dali. Ele estava formigando de animação e inflado de vaidade.

– Eu não sou o máximo? Ah, eu sou o máximo! – sussurrou para ela.

E, embora Wendy concordasse, ela ficou feliz que ninguém mais pudesse ouvi-lo, pelo bem da reputação dele.

Peter fez um gesto, indicando que queria escutar a conversa.

Os dois piratas estavam muito curiosos para saber o que trouxera o capitão até ali, mas ele se sentou com a cabeça apoiada no gancho, numa postura de profunda melancolia.

– Capitão, está tudo bem? – perguntaram eles timidamente.

Mas Gancho respondeu emitindo um gemido oco.

– Ele soltou um suspiro – disse Barrica.

– Mais um – disse Cavalheiro Starkey.

– E mais um terceiro – disse Barrica.

– O que foi, capitão?

Finalmente, Gancho respondeu com grande agitação:

– Acabou tudo! Aqueles meninos encontraram uma mãe!

Embora estivesse com medo, Wendy quase arrebentou de orgulho.

– Nossa, que horror! – exclamou Cavalheiro Starkey.

– O que é uma mãe? – perguntou o ignorante Barrica.

Wendy ficou tão chocada que exclamou:

– Ele não sabe!

Depois disso, ela passou a achar que, se pudesse ter um pirata de estimação, teria escolhido Barrica.

Peter puxou Wendy para debaixo d'água, pois Gancho dera um pulo, dizendo:

– O que foi isso?

– Não ouvi nada – disse Cavalheiro Starkey.

Ele iluminou as águas com o lampião e, enquanto os piratas procuravam, viram uma coisa estranha. Era o ninho sobre o qual eu já falei, flutuando na lagoa com a fêmea de Pássaro do Nunca em cima.

– Está vendo? – disse o Capitão Gancho, respondendo à pergunta de Barrica. – Isso é uma mãe. Que lição. O ninho deve ter caído na água, mas uma mãe abandonaria seus ovos? Não.

A voz dele falhou, como se por um momento o capitão houvesse se lembrado dos dias inocentes quando... mas ele fez um gesto com o gancho, como se quisesse espantar aquela fraqueza.

Barrica, muito impressionado, observou o pássaro quando o ninho passou boiando, mas Cavalheiro Starkey, que era mais desconfiado, disse:

– Se ela é uma mãe, talvez esteja aqui para ajudar Peter.

Gancho estremeceu.

– Sim – disse ele. – Esse é o medo que me persegue.

Ele foi arrancado de seu desânimo pela voz animada de Barrica.

– Capitão! A gente não pode sequestrar a mãe desses meninos e transformar ela na nossa mãe?

– Que plano magnífico! – exclamou Gancho, e imediatamente todo o plano se formou no enorme cérebro dele. – Nós vamos pegar as crianças e carregá-las até o navio. Os meninos vão andar na prancha e Wendy vai ser a nossa mãe.

Wendy não se conteve.

– Nunca! – exclamou ela, afundando de novo.

– O que foi isso?

Mas os piratas não viram nada e acharam que devia ter sido uma folha balançada pelo vento.

– Concordam comigo, capangas? – perguntou Gancho.

– Aperte aqui, capitão – disseram os dois.

– Apertem o gancho. Jurem.

Todos juraram que levariam o plano a cabo. A essa altura eles já haviam chegado na pedra e, de repente, Gancho se lembrou de Princesa Tigrinha.

– Onde está a pele-vermelha? – perguntou ele num tom ríspido.

O capitão gostava de brincar de vez em quando, e os piratas acharam que essa era uma dessas vezes.

– Ficou tudo certo, capitão – respondeu Barrica com complacência. – A gente soltou a índia.

– Soltaram?! – exclamou Gancho.

– F-foi o senhor mesmo que mandou – gaguejou o imediato.

– O senhor gritou da água que era para soltar a moça – disse Cavalheiro Starkey.

– Pelas chamas do inferno! – trovejou Gancho. – Que patifaria é essa?

O rosto do capitão ficou enegrecido de ódio, mas ele viu que seus homens acreditavam no que estavam dizendo e tomou um susto.

– Rapazes – disse ele, tremendo um pouco. – Eu não dei essa ordem.

– É mais do que esquisito – disse Barrica.

Os três se remexeram, preocupados. Gancho ergueu a voz, mas ela estava trêmula.

– Ó espírito que assombra esta lagoa escura esta noite! – exclamou ele. – Estás me ouvindo?

É claro que Peter devia ter ficado de boca fechada, mas é claro que não ficou. Sem hesitar, ele respondeu com a voz de Gancho:

– Com mil raios e trovões! Estou ouvindo!

Nesse momento supremo, Gancho não empalideceu nem na pontinha da orelha, mas Barrica e Cavalheiro Starkey se agarraram, apavorados.

– Quem és tu, estranho? Fala! – perguntou Gancho.

– Sou James Gancho – respondeu a voz –, capitão do navio *Caveira e Ossos*.[41]

– Não é! Não é! – gritou Gancho com a voz rouca.

---

41. Escolhido por Barrie para batizar o navio de Gancho, *Caveira e Ossos*, ou *Jolly Roger*, no original, é o termo genérico pelo qual são chamadas as bandeiras usadas para identificação de um navio pirata.

– Pelas chamas do inferno! – retrucou a voz. – Diga isso de novo e eu jogo uma âncora em você!

Gancho tentou usar um tom mais simpático.

– Se você for mesmo o Gancho – disse ele, quase humilde –, me diga, quem sou eu?

– Um bacalhau – respondeu a voz. – Um mísero bacalhau.

– Um bacalhau! – respondeu Gancho, horrorizado.

E foi aí, apenas aí, que seu espírito orgulhoso murchou. Ele viu seus homens se afastarem.

– A gente passou esse tempo todo tendo um bacalhau de capitão? – murmuraram eles. – Que vergonha!

Eram os seus próprios capangas que o estavam atacando, mas Gancho se tornara uma figura trágica, e mal lhes deu atenção. Diante de uma prova tão apavorante, não era da confiança deles que ele precisava, era da sua própria. Ele sentiu seu ego lhe escapando.

– Não vá me desertar agora, seu canalha – sussurrou Gancho roucamente para ele.

Como acontece com os melhores piratas, havia um toque feminino em sua natureza perversa, e ele, às vezes, tinha intuições. Num estalo, resolveu brincar de adivinhas.

– Gancho! – disse ele. – Você tem alguma outra voz?

Peter era incapaz de resistir a uma brincadeira e, com grande imprudência, respondeu com sua própria voz:

– Tenho!

– E outro nome?

– Tenho!

– Você é vegetal? – perguntou Gancho.

– Não.

– Mineral?

– Não.

– Animal?

– Sim.

– Homem?

– Não! – gritou Peter com desprezo.

– Menino?

– Sim.

– Um menino normal?

– Não!

– Um menino maravilhoso?

Para horror de Wendy, a resposta que ecoou pela lagoa dessa vez foi:

– Sim!

– Você está na Inglaterra?

– Não.

– Está aqui?

– Estou.

Gancho não entendeu nada.

– Façam vocês algumas perguntas – disse ele para os outros, enxugando a testa molhada de suor.

Barrica refletiu.

– Não consigo pensar em nada para perguntar – lamentou ele.

– Vocês não vão conseguir adivinhar! – gabou-se Peter. – Querem desistir?

É claro que, graças a sua arrogância, ele estava levando a brincadeira longe demais, e os bandidos viram que aquela era sua chance.

– Desistimos! – responderam eles ansiosamente.

– Muito bem! – exclamou Peter. – Eu sou o Peter Pan!

Peter Pan!

Num segundo, Gancho voltou ao normal, e Barrica e Cavalheiro Starkey voltaram a ser seus capangas.

– Agora a gente pega essa peste! – gritou Gancho. – Para a água, Barrica! Cavalheiro Starkey, fique no bote! Eu o quero vivo ou morto!

Ele mergulhou enquanto falava e, ao mesmo tempo, a voz alegre de Peter disse:

– Prontos, meninos?

– Sim, capitão! – responderam os meninos de diversos pontos da lagoa.

– Então vamos cair de pau nos piratas!

A briga foi curta e feia. O primeiro a derramar sangue foi João, que corajosamente subiu no bote e atacou Cavalheiro Starkey. Após uma luta feroz, o cutelo foi arrancado da mão do pirata, que escapuliu e mergulhou na água. João pulou atrás dele. O bote foi sendo arrastado para longe.

Aqui e ali uma cabeça emergia, e via-se um lampejo de aço seguido por um gemido ou um grito de alegria. Na confusão, alguns atacaram seus próprios aliados. O saca-rolhas de Barrica atingiu Firula na quarta costela, mas o pirata logo foi ferido por Caracol. Num ponto mais distante da pedra, Cavalheiro Starkey estava dando uma tremenda prensa em Magrelo e nos Gêmeos.

E, enquanto tudo isso acontecia, onde estava Peter? Estava procurando uma presa maior.

Os outros meninos eram todos muito valentes, e nós não podemos culpá-los por fugir da briga com o capitão dos piratas. Com a garra de ferro, ele fez com que se formasse um círculo de água parada ao seu redor, de onde os meninos fugiam como peixes apavorados.

Mas um deles não temia Gancho. Um deles estava preparado para entrar naquele círculo.

Estranhamente, não foi na água que eles se encontraram. Gancho subiu na pedra para dar uma respirada e, ao mesmo tempo, Peter escalou o outro lado. A pedra estava escorregadia como uma bola, e eles tinham que subir nela engatinhando. Nenhum dos dois sabia que o outro estava logo ali. Ao tatearem, procurando um lugar para se agarrar, encontraram o braço um do outro. Surpresos, ergueram as cabeças; seus rostos estavam quase encostando. Foi assim que eles ficaram frente a frente.

Alguns dos maiores heróis da História já confessaram que, logo antes de entrar numa briga, sentiram medo. Se isso houvesse acontecido com Peter naquele momento, eu admitiria. Afinal, aquele era o único homem que botava medo no Long John Silver. Mas Peter não sentiu medo, só sentiu uma coisa: júbilo. E rangeu seus lindos dentinhos com alegria. Rápido como um raio, ele arrancou uma faca do cinto de Gancho e estava prestes a enfiá-la no pirata quando viu que estava mais para cima da pedra que seu inimigo. E isso não teria sido justo. Assim, Peter ofereceu a mão a Gancho para ajudá-lo a subir.

Foi aí que Gancho o feriu.

Peter ficou atordoado não por causa da dor, mas por causa da injustiça. Aquilo o deixou completamente indefeso. Ele só conseguiu olhar para Gancho, horrorizado. Toda criança se sente assim da primeira vez que é tratada com injustiça. Quando a criança se aproxima de você, querendo se entregar a você, a única coisa que ela pensa que merece é um tratamento justo. Depois que você for injusto com ela, ela vai voltar a amá-lo, mas nunca mais vai voltar a ser a mesma criança. Ninguém nunca se recupera da primeira injustiça; ninguém, exceto Peter. Ele sempre sofria injustiças, mas sempre as esquecia. Acho que essa era a verdadeira diferença entre ele e todos os outros.

Por isso, quando Peter sofreu essa injustiça, foi como se fosse a primeira vez. E ele apenas olhou para Gancho, sem conseguir reagir. A mão de ferro enganchou nele duas vezes.

Alguns minutos depois, os meninos viram Gancho na água, nadando no maior desespero na direção do navio; seu rosto pestilento não mostrava nenhuma alegria agora, só a palidez do terror, pois o crocodilo estava logo atrás dele. Normalmente os meninos teriam ido nadar ao lado de Gancho, rindo dele; mas nesse momento sentiam-se inquietos, pois haviam perdido de vista tanto Peter quanto Wendy e estavam esquadrinhando a lagoa e chamando pelos dois. Encontraram o bote e foram para casa nele, gritando "Peter, Wendy" no caminho. Mas a única resposta foi a risada zombeteira das sereias.

– Eles devem estar nadando ou voando para casa – concluíram os meninos.

Eles não estavam muito ansiosos, de tanta fé que tinham em Peter. E deram uma risada típica dos meninos, pois já passara da hora de ir para a cama; e era tudo culpa da mamãe Wendy!

Quando suas vozes cessaram, um silêncio recaiu sobre a lagoa, e então ouviu-se, num fio de voz:

– Socorro! Socorro!

Duas pequenas figuras estavam batendo contra a pedra. A menina estava desmaiada, e o menino a segurava. Com suas últimas forças, Peter puxou-a para cima da pedra e se deitou ao lado dela. Ele também perdeu a consciência, mas, antes de desmaiar, viu que a água estava subindo. Ele sabia que logo se afogariam, porém não conseguiu fazer mais nada.

Quando eles estavam deitados lado a lado, uma sereia agarrou os pés de Wendy e começou a puxá-la devagar para dentro d'água. Peter, sentindo que Wendy estava escorregando para longe dele, acordou com um sobressalto, e mal teve tempo de puxá-la de volta. Mas teve que contar a verdade a ela.

– A gente está na pedra, Wendy – disse ele –, mas ela está ficando cada vez menor. Logo, logo, a água vai cobrir tudo.

Mesmo assim, Wendy não compreendeu.

– Temos que ir embora, então – disse ela, num tom quase alegre.

– Temos – respondeu Peter com a voz bem fraquinha.

– A gente vai nadar ou voar, Peter?

Ele tinha que contar.

– Você acha que consegue nadar ou voar até a ilha sem a minha ajuda, Wendy?

Ela teve que admitir que estava cansada demais.

Peter soltou um gemido.

– O que foi? – perguntou Wendy, ficando imediatamente preocupada com ele.

– Não vou poder ajudar você, Wendy. O Gancho me feriu. Eu não consigo nem voar, nem nadar.

– Quer dizer que nós dois vamos nos afogar?

– Olhe como a água está subindo.

Eles cobriram os olhos com as mãos para não ver. Pensaram que logo deixariam de existir. De repente, algo roçou contra a pele de Peter com a leveza de um beijo e continuou ali, como se perguntasse timidamente se podia ser de alguma serventia.

Seu sorriso dizia: "Morrer vai ser uma grande aventura."

Era a rabiola de uma pipa que Miguel construíra alguns dias antes. Ela havia escapado da mão dele e voado para longe.

– É a pipa do Miguel – disse Peter sem interesse.

Mas no segundo seguinte ele já tinha agarrado a rabiola e estava puxando a pipa para mais perto.

– Ela tirou o Miguel do chão! – exclamou ele. – Deve conseguir carregar você!

– Nós dois!

– A pipa não carrega duas pessoas. O Miguel e o Caracol tentaram.

– Vamos tirar na sorte, então – disse Wendy, corajosa.

– Mas você é uma dama! Nunca!

Peter já estava amarrando a rabiola em volta de Wendy. Ela se agarrou a ele; recusou-se a ir sem ele. Mas, dizendo "Tchau, Wendy", ele a empurrou da pedra, e em poucos minutos ela já estava fora do campo de visão dele. Peter estava sozinho na lagoa.

A pedra já havia ficado muito pequena; logo, estaria submersa. Raios pálidos de luz se espalharam devagar pela água; e, após alguns minutos, ouviu-se o som que é ao mesmo tempo o som mais melodioso e mais melancólico do mundo: as sereias cantando para a lua.

Peter não era bem como os outros meninos; mas ele finalmente sentiu medo. Um calafrio lhe percorreu o corpo, como o arrepio que passa pelo mar. Mas, no mar, um arrepio se segue a outro até que haja centenas deles, enquanto Peter sentiu só um. No segundo seguinte ele estava de pé em cima da pedra, com aquele sorriso no rosto e um tambor batendo dentro do peito. Seu sorriso dizia: "Morrer vai ser uma grande aventura."[42]

---

42. Quando James Barrie contou a George Llewelyn Davies (1893-1915) que Peter Pan guiava as crianças que morriam até a Terra do Nunca, o menino proferiu a frase que fecha este capítulo.

9

O Pássaro do Nunca

Os últimos sons que Peter ouviu antes de ficar completamente a sós foram os das sereias indo, uma a uma, para seus quartos no fundo do mar. Ele estava longe demais para ouvir as portas se fechando; mas cada porta nas cavernas de coral onde as sereias vivem faz tocar um minúsculo sininho quando se abre ou se fecha (como acontece nas casas mais bonitas no mundo além da ilha), e Peter ouviu os sininhos.

A água foi subindo sem parar até parecer que estava mordiscando os pés dele; e, para passar o tempo até que ela o engolisse, Peter ficou observando a única coisa que se mexia na lagoa. Ele achou que era um pedaço de papel flutuando, talvez parte da pipa, e se perguntou com indiferença quanto tempo ia levar para ele chegar à margem.

Logo, Peter viu que aquele papel que flutuava na lagoa tinha um objetivo definido, o que era estranho. Ele estava lutando contra a corrente e, às vezes, ganhando. E, quando ganhou, Peter, que sempre torcia pelo mais fraco, não resistiu e bateu palmas; afinal, aquele era um pedaço de papel muito valente.

Na verdade, não era um pedaço de papel; era o Pássaro do Nunca, ou melhor, a mãe pássara, que estava fazendo um esforço desesperado para alcançar Peter com o ninho. Usando suas asas de um jeito que aprendera a fazer desde que o ninho caíra na água, ela conseguia mais ou menos guiar sua estranha embarcação. Mas, quando Peter finalmente reconheceu quem era, ela estava exausta. Ela viera salvar Peter, entregar-lhe o seu ninho, embora houvesse ovos nele. Eu até acho isso meio estranho, pois, embora Peter tivesse sido bonzinho com ela, ele também a atormentara muito. Só posso imaginar que, assim como a sra. Darling e todas as outras mulheres, a pássara tenha ficado derretida porque Peter tinha todos os dentes de leite.

A pássara gritou, explicando o que queria, e Peter gritou, perguntando o que ela estava fazendo ali; mas é claro que um não entendia a língua do outro. Nas histórias fantasiosas as pessoas conseguem conversar facilmente com os pássaros, e eu gostaria de poder fingir que essa história é assim e que Peter deu uma resposta inteligente ao Pássaro do Nunca. Mas a verdade é melhor, e eu só quero contar o que realmente aconteceu. Bom, não só eles não conseguiram se entender, como também deixaram as boas maneiras de lado.

– Eu que-ro que vo-cê en-tre no ni-nho! – gritou a pássara, falando bem devagar cada sílaba. – Aí vo-cê vai po-der che-gar na mar-gem! Mas eu es-tou can-sa-da de-mais pa-ra che-gar mais per-to, en-tão vo-cê tem que ten-tar na-dar a-té a-qui!

– O que você está grasnando aí? – disse Peter. – Por que não deixa o ninho flutuar sozinho, como sempre?

– Eu que-ro que vo-cê... – começou a pássara, repetindo tudo de novo.

Aí, foi a vez de Peter começar a falar bem devagar cada sílaba.

– O que vo-cê es-tá gras-nan-do aí?

E por aí foi. O Pássaro do Nunca foi ficando irritado, pois essa espécie tem o pavio muito curto.

– Seu filho de uma gralha burra! – gritou ela. – Por que você não faz o que eu mandei?

Peter achou que estava sendo xingado e, num impulso furioso, retrucou:

– É você!

Então, curiosamente, os dois disseram a mesma coisa:

– Cale a boca!

– Cale a boca!

Ainda assim, a pássara estava determinada a salvar Peter se pudesse e, fazendo um esforço tremendo, conseguiu levar o ninho até a pedra.

Depois, saiu voando e desertou seus ovos, para deixar bem claro o que estava dizendo.

Peter finalmente entendeu. Ele agarrou o ninho e acenou para a pássara, agradecendo, enquanto ela voava logo acima dele. Mas não era para ser agradecida que ela estava ali, e nem para ver Peter entrar no ninho; era para ver o que ele ia fazer com seus ovos.

Eram dois ovos brancos e grandes. Peter pegou-os e refletiu. A pássara cobriu o rosto com as asas, para não testemunhar o fim de seus ovos; mas, sem conseguir se conter, deu uma espiada por entre as penas.

Eu não lembro se contei para vocês[43] que havia uma estaca na pedra, enfiada ali há muito tempo por alguns bucaneiros para marcar o local onde havia um tesouro enterrado. As crianças haviam descoberto o brilhante butim e, quando estavam com vontade de fazer bagunça, atiravam punhados de cruzados de ouro, diamantes, pérolas e moedas para as gaivotas, que os agarravam no ar, achando que eram comida, e depois saíam voando, furibundas por terem sido enganadas com um truque tão baixo. A estaca ainda estava ali, e Cavalheiro Starkey pendurara nela o seu chapéu, que era bem grande, de lona impermeável e com abas largas. Peter colocou os ovos dentro do chapéu e o pôs na água. Ele boiou lindamente.

O Pássaro do Nunca logo entendeu o que Peter havia feito e soltou um grito de admiração por ele; e, pobrezinho, Peter cocoricou também, mostrando que concordava. Depois ele entrou no ninho, enfiou a estaca nele para servir de mastro e pendurou a camisa nela como se esta fosse uma vela. Nesse mesmo instante, a pássara pousou no chapéu e sentou-se, muito confortável, para continuar a chocar seus ovos. Ela boiou numa direção e Peter foi levado para a outra, ambos dando gritos de alegria.

43. Nesta passagem o narrador sofre a mesma falta de memória que as crianças que visitam a Terra do Nunca. Ao longo do livro, Barrie faz o narrador identificar-se com diferentes personagens e muda sua visão e opinião, constantemente.

É claro que, quando Peter chegou à margem, ele deixou o ninho num local onde a pássara ia poder encontrá-lo facilmente; mas o chapéu fez um sucesso tão grande que ela abandonou o ninho, que continuou boiando até se desintegrar. Quando Cavalheiro Starkey vinha até a margem da lagoa, ele muitas vezes via a pássara sentada em seu chapéu, o que o deixava bastante chateado. Como nós não vamos mais falar nela, talvez valha a pena mencionar aqui que todos os Pássaros do Nunca agora constroem seus ninhos nesse formato, com abas largas nas quais os filhotes podem passear e tomar ar.

Todos ficaram muito felizes quando Peter chegou à casa debaixo da terra quase ao mesmo tempo que Wendy, que fora levada para lá e para cá pela pipa. Cada menino tinha diversas aventuras para contar; mas talvez a maior de todas fosse que já passava muito da hora de ir para a cama. Isso os deixou tão agitados que eles bolaram várias maneiras de ficar ainda mais tempo acordados, como dizer que precisavam de curativos. Mas Wendy, embora radiante por todos estarem sãos e salvos em casa mais uma vez, ficou escandalizada ao ver como já estava tarde e exclamou:

– Já para a cama! Já para a cama!

Pelo tom dela, os meninos viram que tinham que obedecer. No dia seguinte, no entanto, Wendy foi muito doce com todos, e fez curativos em cada um deles; e eles passaram o dia todo brincando de andar mancando com os braços em tipoias.

10

O lar feliz

Um resultado importante da escaramuça na lagoa foi que os peles-vermelhas viraram amigos dos meninos. Peter salvara a Princesa Tigrinha de um destino terrível, e agora não havia nada que ela e seus bravos não fizessem por ele. Os índios passavam todas as noites ali em cima, vigiando a casa debaixo da terra e esperando pelo grande ataque dos piratas que, obviamente, não devia demorar muito. Até durante o dia eles ficavam por ali, fumando o cachimbo da paz, com cara de que não iam se incomodar se alguém lhes oferecesse um petisco.

Os peles-vermelhas chamavam Peter de Grande Pai Branco[44] e se prostravam diante dele. Peter gostava muito disso, o que, portanto, não era nada bom para ele.

– O Grande Pai Branco está gostando de ver os guerreiros dos Piccaninnies protegendo sua oca dos piratas – dizia ele, com um tom bastante prepotente.

– Eu, Princesa Tigrinha – respondia aquela linda indiazinha. – Peter Pan me salvar, muito bom amigo. Eu não deixar piratas fazer mal a ele.

Princesa Tigrinha era bonita demais para adular alguém desse jeito, mas Peter achava que merecia tudo, e respondia com condescendência:

– Muito bem. Peter Pan falou.

44. É possível que o autor estivesse brincando com a alcunha "A grande mãe branca" dedicada à rainha Vitória (1819-1901). "Grande pai branco" é também o nome dado pelos norte-americanos nativos ao presidente dos Estados Unidos.

Sempre que dizia "Peter Pan falou", isso significava que os peles-vermelhas tinham que calar a boca, o que eles aceitavam humildemente. Mas não eram nem de longe tão respeitosos com os outros meninos, a quem consideravam apenas guerreiros como quaisquer outros. Os índios diziam "E aí?" para eles e coisas assim; e o que deixava os meninos mais irritados era que Peter parecia não se importar.

No fundo, Wendy achava que os meninos tinham certa dose de razão. Mas ela era uma dona de casa leal demais para concordar com qualquer reclamação contra o papai. "O papai é que sabe," Wendy sempre dizia, independentemente de qual fosse sua opinião secreta; e sua opinião secreta era que os peles-vermelhas não tinham nada que chamá-la de "cara-pálida".

E agora vou falar da noite que ficou conhecida entre eles como a Noite das Noites, por causa de suas aventuras e da consequência delas. O dia havia sido quase enfadonho, como se estivesse reunindo suas forças em silêncio. Agora os peles-vermelhas estavam em seus postos, enrolados em cobertores, enquanto lá embaixo as crianças comiam; todas menos Peter, que havia saído para ver que horas eram. Na ilha, o jeito de saber as horas era encontrar o crocodilo e ficar do lado dele até o relógio bater.

A refeição que os meninos estavam fazendo era um lanche de faz de conta, e eles estavam sentados em volta da mesa devorando tudo. Com tanta tagarelice e tanta briga, o barulho, como Wendy dizia, estava ensurdecedor. Ela não se incomodava com isso, mas não ia permitir que os meninos saíssem agarrando as coisas e depois se desculpassem dizendo que Firula tinha empurrado o cotovelo deles. Havia uma regra que dizia que eles não deviam se estapear durante as refeições, mas sim pedir que Wendy resolvesse a disputa levantando educadamente o braço direito e dizendo "Quero reclamar do fulano por causa disso e daquilo outro". Mas, em geral, eles ou se esqueciam de fazer isso, ou ficavam fazendo sem parar.

– Silêncio! – exclamou Wendy, após ter pedido pela vigésima vez que eles não falassem todos ao mesmo tempo. – Sua caneca está vazia, Magrelo querido?

– Ainda não, mamãe – disse Magrelo, após olhar para uma caneca imaginária.

– Ele ainda nem começou a beber o leite – interrompeu Bico.

Isso era dedurar, e Magrelo aproveitou a chance.

– Quero reclamar do Bico! – exclamou ele.

Mas João erguera a mão primeiro.

– O que foi, João?

– Posso sentar na cadeira do Peter, já que ele não está aqui?

– Sentar na cadeira do papai, João! – disse Wendy, escandalizada. – É claro que não.

– Ele não é nosso pai de verdade – respondeu João. – Ele nem sabia o que um pai fazia até eu mostrar.

Isso era resmungar.

– Quero reclamar do João! – exclamaram os Gêmeos.

Firula levantou a mão. Ele era tão mais humilde do que os outros – na verdade, era o único humilde do bando – que Wendy era sempre especialmente gentil com ele.

– Acho que eu não posso brincar de ser o papai, posso? – perguntou Firula, desanimado.

– Não, Firula.

Quando Firula começava a falar, o que não acontecia com muita frequência, ele sempre desatava a tagarelar de um jeito meio bobo.

– Já que eu não posso ser o papai – disse ele, triste –, você não me deixa ser o bebê, deixa, Miguel?

– Não deixo, não! – retrucou Miguel, que já estava em seu bercinho.

– Já que eu não posso ser o bebê – disse Firula, cada vez mais melancólico –, vocês acham que eu posso ser um gêmeo?

– De jeito nenhum! – responderam os Gêmeos. – É muito difícil ser um gêmeo.

– Já que eu não posso ser nada de importante, algum de vocês quer ver o truque que eu sei fazer?

– Não! – responderam todos.

Finalmente, Firula parou.

– Eu achava mesmo que não – disse ele.

As horríveis reclamações recomeçaram.

– O Magrelo está tossindo na mesa.

– Os Gêmeos comeram os abricós primeiro.

– O Caracol está comendo rolinho de tapioca e inhame ao mesmo tempo.

– O Bico está falando de boca cheia.

– Eu quero reclamar dos Gêmeos.

– Eu quero reclamar do Caracol.

– Eu quero reclamar do Bico.

– Puxa vida! – exclamou Wendy. – Às vezes acho que as crianças não valem tanto trabalho.

Ela mandou que os meninos levantassem da mesa e se sentou para costurar. Hoje tinha um monte de meias para cerzir e é claro que os joelhos das calças de todos eles estavam com um furo, como sempre.

– Wendy, estou grande demais para dormir num berço – protestou Miguel.

– Alguém tem que dormir num berço – disse Wendy com certo mau humor. – E você é o menorzinho. Um berço é uma coisa tão aconchegante de ter em casa.

Enquanto Wendy costurava, eles brincavam ao redor dela; um grupo tão bonito de caras alegres e corpos dançantes, iluminados pela luz encantadora da fogueira! Essa cena se tornara habitual na casa debaixo da terra, mas essa é a última vez que ela vai acontecer.

Ouviu-se um barulho de passos lá em cima e Wendy, é claro, foi a primeira a reconhecer quem estava fazendo o ruído.

– Crianças, estou ouvindo os passos do seu pai. Ele gosta que vocês o recebam na porta.

Lá em cima, os peles-vermelhas se agacharam diante de Peter.

– Vigiem bem, meus bravos. Peter Pan falou.

E depois, como havia acontecido tantas vezes antes, as alegres crianças arrastaram Peter de dentro de sua árvore na maior confusão. Como havia acontecido tantas vezes antes, mas nunca mais aconteceria.

Peter havia trazido nozes para os meninos e a hora certa para Wendy.

– Peter, você está mimando demais os meninos, sabia? – suspirou Wendy.

– Ah, minha velha – disse Peter, pendurando sua arma.

– Fui eu quem contou para ele que os pais chamam as mães de "minha velha" – sussurrou Miguel para Caracol.

– Quero reclamar do Miguel! – disse Caracol no mesmo segundo.

Um dos Gêmeos se aproximou de Peter.

– Papai, nós queremos dançar – disse ele.

– Pode dançar, rapazinho – disse Peter, que estava de ótimo humor.

– Mas nós queremos que você dance.

Peter era o melhor dançarino de todos eles, mas fingiu ficar escandalizado.

– Eu?! Os meus velhos ossos iam chacoalhar demais.

– E a mamãe também.

– O quê?! – exclamou Wendy. – A mãe de um batalhão desses dançando?

– Mas é sábado à noite! – insistiu Magrelo.

Não era sábado à noite, na verdade. Ou quem sabe era, pois há muito eles haviam perdido a conta dos dias. Mas, sempre que um dos meninos queria fazer alguma coisa de especial, dizia que era sábado à noite, e eles acabavam fazendo a tal coisa.

– Bom, é mesmo sábado à noite, Peter – disse Wendy, cedendo.

– Dois velhos como nós, Wendy!

– Mas só quem vai ver são nossos próprios filhos.

– Isso é verdade.

Assim, eles disseram aos meninos que eles podiam dançar, mas tinham que colocar seus pijamas antes.

– Ah, minha velha – disse Peter para Wendy, se esquentando no fogo e olhando para ela, que estava sentada ali do lado cerzindo o calcanhar de uma meia –, depois de trabalhar o dia todo, não há nada mais agradável para nós dois do que descansar diante do fogo com os pequenos em volta.

– É maravilhoso, não é, Peter? – disse Wendy, muito feliz por ele ter dito isso. – Peter, acho que o Caracol tem o seu nariz.

– O Miguel parece com você.

Wendy se aproximou de Peter e pôs a mão no ombro dele.

– Querido Peter – disse ela. – Depois de ter tantos filhos é claro que eu não sou mais a mocinha que já fui, mas você não gostaria que eu mudasse, gostaria?

– Não, Wendy.

É claro que Peter não queria mudar nada, mas ele olhou para ela, sentindo-se pouco à vontade; piscando os olhos daquele jeito de quem não sabe se está acordado ou dormindo.

– O que foi, Peter?

– Eu só estava pensando – disse ele, com um pouco de medo. – É só faz de conta, não é, que eu sou o pai deles?

– É, sim – disse Wendy, um pouco chateada.

– Sabe o que é? – continuou Peter, num tom de quem pede desculpas. – É que, se eu fosse o pai deles de verdade, isso ia me fazer parecer tão velho.

– Mas eles são nossos, Peter. Meus e seus.

– Mas não de verdade, não é, Wendy? – perguntou ele, ansioso.

– Não se você não quiser – respondeu Wendy. E ela ouviu direitinho o suspiro de alívio dele. – Peter – disse Wendy, tentando falar com firmeza –, o que exatamente você sente por mim?

– Eu sou como se fosse seu filho, Wendy.

– Foi o que eu pensei – disse ela.

E Wendy foi se sentar sozinha na outra ponta da sala.

– Você é tão esquisita – disse Peter, sem entender nada. – E a Princesa Tigrinha é igual. Ela quer ser alguma coisa minha, mas diz que não quer ser minha mãe.

– Aposto que não! – retrucou Wendy com muita ênfase.

Agora a gente já sabe por que ela não gostava dos peles-vermelhas.

– Então, ela quer ser o quê?

– Uma dama não fala dessas coisas.

– Tudo bem! – disse Peter, exasperado. – Quem sabe a Sininho não me explica.

– Ah, a Sininho explica, sim – retrucou Wendy com desprezo. – Ela é uma fadinha muito dada.

Nesse momento Sininho, que estava xeretando tudo do seu quartinho, deu um guincho desaforado.

– Ela disse que adora ser muito dada – traduziu Peter.

Ele teve uma ideia súbita.

– Quem sabe a Sininho quer ser minha mãe?

– Seu imbecil! – exclamou Sininho, furibunda.

Ela já tinha dito aquilo tantas vezes que Wendy nem precisou de tradução.

– Eu quase concordo com ela – disse Wendy rispidamente.

Imagine isso, Wendy sendo ríspida. Mas sua paciência havia sido muito testada, e ela não sabia o que ia acontecer naquela mesma noite. Se soubesse, não teria sido ríspida.

Nenhum deles sabia. Talvez tenha sido melhor assim. Sua ignorância permitiu que fossem felizes durante mais uma hora; e, como aquela ia ser sua última hora na ilha, ainda bem que ela foi composta por sessenta minutos felizes. As crianças cantaram e dançaram em seus pijamas. Era uma canção deliciosamente assustadora e, ao cantá-la, elas fingiam sentir medo de suas próprias sombras, sem saber que, muito em breve, seriam cercadas por sombras que as fariam sentir medo de verdade. A dança foi uma algazarra de alegria, e como eles se atacaram, na cama e fora dela! Foi mais uma guerra de travesseiros do que uma dança e, quando terminou, os travesseiros exigiram mais uma rodada, como amigos que soubessem que jamais voltariam a se encontrar. As histórias que eles contaram antes de chegar a hora da história de ninar de Wendy! Até Magrelo tentou contar uma história aquela noite, mas o começo foi tão inacreditavelmente chato que ele mesmo ficou horrorizado e disse, melancólico:

– É, foi mesmo um começo muito chato. Vamos fingir que foi o fim.

Após um longo tempo, todos deitaram na cama para ouvir a história de ninar de Wendy. Era a história que eles mais gostavam, a história que Peter odiava. Em geral, quando Wendy começava a contar essa história, ele saía da casa ou enfiava os dedos nos ouvidos; e é possível que, se houvesse feito uma coisa ou outra, eles ainda estivessem na ilha. Mas essa noite Peter continuou sentado em seu banquinho. E nós vamos ver o que aconteceu.

11

A HISTÓRIA DE WENDY

– ENTÃO, ESCUTEM – disse Wendy se preparando para contar sua história, com Miguel sentado no chão ao lado do banquinho dela e sete meninos deitados na cama. – Era uma vez um homem...

– Eu preferia que fosse uma moça – disse Caracol.

– Eu preferia que fosse um ratinho branco – disse Bico.

– Quietos – ralhou a mãe deles. – Havia uma moça também, e...

– Ah, mamãe! – exclamou o primeiro Gêmeo. – Você quer dizer que ainda há uma moça também, não quer? Ela não morreu, morreu?

– Ah, não.

– Eu fico muito feliz por ela estar viva. Você está feliz, João?

– Claro que sim.

– E você, Bico?

– Muito.

– E vocês estão felizes, Gêmeos?

– Pra caramba.

– Minha nossa – suspirou Wendy.

– Menos barulho – disse Peter, exigindo que Wendy tivesse uma chance justa de falar, embora achasse aquela história pavorosa.

– O nome do homem – continuou Wendy – era sr. Darling, e o nome da moça era sra. Darling.

– Eu conheço os dois – disse João, para irritar os outros.

– Eu acho que conheço também – disse Miguel, sem muita certeza.

– Eles eram casados, sabia? – explicou Wendy. – E o que vocês acham que eles tiveram?

– Ratinhos brancos! – exclamou Bico, inspirado.

– Não.

– Eu não tenho ideia – disse Firula, que conhecia a história toda.

– Quieto, Firula. Eles tiveram três descendentes.

– O que são descendentes?

– Bom, você é um descendente, Gêmeo.

– Você ouviu, João? Eu sou um descendente.

– Descendentes são só crianças – disse João.

– Minha nossa, minha nossa – suspirou Wendy. – Bom, essas três crianças tinham uma fiel babá chamada Naná. Mas o sr. Darling estava com raiva dela e a acorrentou no quintal. Por isso, todas as crianças saíram voando.

– Que história boa! – disse Bico.

– Elas saíram voando – continuou Wendy – até a Terra do Nunca, para onde vão as crianças perdidas.

– Era o que eu achava mesmo! – interrompeu Caracol, excitado. – Não sei como, mas era o que eu achava mesmo!

– Ei, Wendy! – exclamou Firula. – Uma das crianças perdidas chamava Firula?

– Chamava, sim.

– Eu estou na história! Oba, eu estou na história, Bico!

– Silêncio. Agora eu quero que vocês pensem no que os pobres pais sentiram ao descobrir que todos os seus filhos haviam saído voando.

– Ai! – gemeram todos, embora eles não estivessem nem ligando para o que os pobres pais sentiram.

– Pensem nas camas vazias!

– Ai!

– É muito triste – disse o primeiro Gêmeo alegremente.

– Eu não vejo como isso pode ter um final feliz – disse o segundo Gêmeo. – Você vê, Bico?

– Eu estou muito nervoso.

– Se vocês soubessem como é grande o amor de uma mãe – disse Wendy num tom triunfal –, não sentiriam medo.

Wendy se prepara para contar sua história.

Ela agora chegara à parte da história que Peter detestava.

– Eu gosto de amor de mãe – disse Firula, batendo com um travesseiro em Bico. – Você gosta de amor de mãe, Bico?

– Adoro – disse Bico, devolvendo o golpe.

– E vocês sabem o que aconteceu? – disse Wendy com complacência. – Nossa heroína sabia que a mãe sempre deixaria a janela aberta para seus filhos poderem entrar. Por isso, eles passaram anos longe de casa, se divertindo muito.

– E eles voltaram algum dia?

– Agora – disse Wendy, se preparando para o ponto alto da história –, vamos dar uma olhada no futuro.

Todos eles deram aquela retorcida que torna mais fácil dar uma olhada no futuro.

– Os anos se passaram – continuou Wendy. – E quem é essa elegante dama de idade indefinida surgindo na Estação de Londres?

– Ah, Wendy, quem é? – exclamou Bico muito agitado, como se não soubesse.

– Será que é? É... Não é... É! É a bela Wendy!

– Oh!

– E quem são os dois cavalheiros aristocráticos e imponentes acompanhando-a, já tão crescidos? Será que são João e Miguel? São!

– Oh!

– "Estão vendo, queridos irmãos?", disse Wendy, apontando para cima. "Lá está a janela, ainda aberta. Ah, agora nós seremos recompensados por nossa sublime fé no amor de mãe." E eles voaram para sua mamãe e seu papai. E, como será impossível descrever a felicidade da cena que se seguiu, nós vamos parar por aqui.

Essa era a história, e os meninos gostavam tanto dela quanto sua bela narradora. Tudo era como deveria ser, entende? De repente, nós desaparecemos como as coisas mais desalmadas desse mundo, que é o que as crianças são, mas também tão encantadoras; e nos divertimos muito, no maior egoísmo; e aí quando precisamos de um pouco de atenção especial, generosamente decidimos voltar, confiantes de que seremos recebidos com beijos e não com tapas.

A fé deles no amor de mãe era mesmo muito grande; tão grande que achavam que poderiam ser cruéis por mais um tempinho.

Mas um deles sabia que não era bem assim; e, quando Wendy terminou de contar a história, ele soltou um gemido profundo.

– O que foi, Peter? – exclamou Wendy.

Ela correu para perto de Peter, achando que ele estava se sentindo mal, e apalpou carinhosamente seu peito e sua barriga.

– Onde dói, Peter?

– Não é esse tipo de dor – respondeu Peter, soturno.

– Que tipo de dor é?

– Wendy, você está errada em relação às mães.

Todos foram para perto dele, assustados, de tão alarmante que era sua agitação. E, com maravilhosa sinceridade, Peter revelou algo que até então havia escondido de todos.

– Há muito tempo – disse ele –, eu, assim como você, achava que a minha mãe sempre ia deixar a janela aberta para mim. Por isso, fiquei longe de casa durante luas e mais luas, e depois voei de volta. Mas havia barras na janela, pois a mamãe havia se esquecido de mim. E tinha outro menininho dormindo na minha cama.

Eu não sei se isso é verdade, mas Peter achava que era. Os meninos ficaram com medo.

– Você tem certeza de que as mães são assim?

– Tenho.

Então era assim que as mães eram. Que nojentas!

Sendo assim, era bom tomar cuidado; e ninguém sabe melhor do que uma criança a hora de entregar os pontos.

– Wendy, vamos para casa! – exclamaram João e Miguel ao mesmo tempo.

– Vamos! – disse ela, agarrando os dois.

– Mas hoje? – perguntaram os meninos perdidos, atordoados.

Eles sabiam, naquilo que chamavam de coração, que é possível se virar muito bem sem uma mãe, e que só as mães é que pensam que não.

– Neste minuto – respondeu Wendy, resoluta. Algo terrível havia ocorrido a ela: – Talvez a mamãe já esteja de meio-luto![45]

O medo disso a fez esquecer de como Peter devia estar se sentindo e, sem nenhum tato, ela disse para ele:

– Peter, você toma as providências necessárias?

– Se é o que você quer – respondeu Peter, tão indiferente que parecia que Wendy havia pedido para ele lhe passar as nozes.

Nem um "Que pena que a gente não vai se ver mais" vindo dele ou dela! Já que Wendy não se importava em se separar dele, Peter ia mostrar, ora se ia, que ele também não se importava.

Mas é claro que Peter se importava, sim, e muito. Sentiu tanto ódio dos adultos, que estavam estragando tudo como sempre, que assim que entrou em sua árvore respirou de propósito bem rápido e curto, fazendo mais ou menos cinco respirações por segundo. Peter fez isso porque, segundo diz um ditado da Terra do Nunca, sempre que você respira, um adulto morre; e ele estava matando adultos o mais rápido possível, só para se vingar.

Após dar as ordens necessárias aos peles-vermelhas, Peter voltou para casa, onde uma cena lamentável ocorrera em sua ausência. Apavorados com a ideia de perder Wendy, os meninos perdidos haviam avançado sobre ela, ameaçando-a.

– Vai ser pior do que antes de ela vir! – choraram eles.

– A gente não vai deixar a Wendy ir embora.

– Vamos prender nossa mãe aqui.

– Isso! Peguem as correntes!

Naquela situação perigosa, o instinto de Wendy lhe disse a qual dos meninos deveria pedir ajuda.

– Firula! – exclamou ela. – Eu apelo a você.

---

45. Cabia às mulheres vitorianas cumprir alguns "estágios" de luto. O luto completo (no qual os trajes deveriam ser completamente negros) durava um ano e um dia; o segundo luto (no qual joias e elementos decorativos eram permitidos), nove meses; e a terceira fase ou meio-luto (no qual roupas de tonalidade cinza e violeta eram permitidas) estendia-se por três a seis meses.

Não foi estranho? Ela apelou a Firula, que era o mais bobo de todos.

Mas a reação de Firula foi magnífica. Aquele foi o único momento em que ele esqueceu sua bobice e falou com dignidade.

– Eu sou apenas o Firula – disse ele –, e ninguém liga para o que eu falo. Mas o primeiro que não se comportar como um cavalheiro com a Wendy vai ter que se ver comigo.

Firula desembainhou sua adaga e, naquele instante, sua cabeça estava mais quente que um braseiro. Os outros se afastaram, assustados. Quando Peter voltou, eles logo viram que não iam poder contar com o apoio dele. Peter não ia obrigar nenhuma menina a ficar na Terra do Nunca contra sua vontade.

– Wendy – disse ele, caminhando de um lado para o outro –, eu pedi que os peles-vermelhas guiassem vocês pela floresta, já que vocês ficam tão cansados quando voam.

– Obrigada, Peter.

– Depois – continuou ele, no tom curto e grosso de quem está acostumado a ser obedecido –, a Sininho vai ajudar vocês a atravessar o mar. Acorde a fada, Bico.

Bico teve que bater duas vezes antes de obter uma resposta, embora Sininho já estivesse há algum tempo acordada e ouvindo tudo.

– Quem é você? Como ousa me incomodar? Suma daqui! – exclamou ela.

– Você tem que levantar, Si – disse Bico. – E acompanhar a Wendy numa viagem.

É claro que Sininho havia ficado encantada de saber que Wendy ia embora; mas ela estava determinada a não lhe servir de guia, e disse isso num linguajar ainda mais chulo. Depois, fingiu que tinha voltado a dormir.

– Ela disse que não vai! – disse Bico, bestificado com tamanha insubordinação.

Peter foi até o quarto da fadinha com um ar muito severo.

– Sininho! – disse ele, irritado. – Se você não se levantar e se vestir agora mesmo, eu vou abrir a cortina para todo mundo ver você de *négligée*![46]

Isso fez Sininho pular da cama.

– Quem disse que eu não ia me levantar?

Enquanto isso os meninos estavam olhando com grande tristeza para Wendy, que já pegara João e Miguel e estava pronta para a viagem. Agora eles estavam arrasados não apenas porque iam perdê-la, mas também porque achavam que ela ia para um lugar maravilhoso para o qual eles não haviam sido convidados. Como sempre, os meninos estavam sendo seduzidos pela novidade.

Acreditando que o que eles sentiam era algo mais nobre, Wendy derreteu.

– Queridos! – disse ela. – Se vocês vierem comigo, eu tenho quase certeza de que consigo convencer o papai e a mamãe a adotarem todos!

O convite havia sido feito especialmente para Peter, mas cada menino pensou só em si e, no mesmo segundo, começou a pular de alegria.

– Mas eles não vão achar que a gente dá muito trabalho? – perguntou Bico no meio do pulo.

– Ah, não – disse Wendy, decidindo tudo sem hesitar. – Eles só vão ter que colocar algumas camas na sala de estar. Elas podem ser escondidas atrás dos biombos nas primeiras quintas-feiras do mês, que é quando nós recebemos visitas.

– Peter, a gente pode ir? – exclamaram todos, suplicantes.

Os meninos imaginaram que, se eles fossem, Peter iria também, mas a verdade é que nem estavam se importando com isso. Quando a novidade chama, as crianças estão sempre prontas para desertar aqueles que mais amam.

– Tudo bem – respondeu Peter com um sorriso triste.

No mesmo segundo, os meninos saíram correndo para pegar suas coisas.

46. Em francês no original: camisola.

– Agora, Peter – disse Wendy, achando que estava tudo resolvido –, eu vou lhe dar seu remédio antes de você ir.

Ela adorava dar remédio para os meninos, e sem dúvida dava uma quantidade grande demais. É claro que o remédio era apenas água, mas a água vinha de uma cabaça, e Wendy sacudia a cabaça e contava as gotas, o que conferia um certo ar medicinal ao processo. Nessa ocasião, no entanto, ela não deu as gotas de Peter, pois, quando havia acabado de prepará-las, viu uma expressão no rosto dele que lhe deu um frio na barriga.

– Vá pegar suas coisas, Peter! – ela exclamou, tremendo.

– Não – respondeu ele, fingindo indiferença. – Eu não vou com vocês, Wendy.

– Vai sim, Peter.

– Não.

Para mostrar que a partida dela não o chateava nem um pouco, ele saltitou pela sala, tocando uma melodia alegre em sua cruel flauta. Wendy teve que ficar correndo atrás dele, embora isso não fosse um comportamento muito elegante para uma dama.

– Para ver sua mãe – insistiu ela.

Bom, eu nem sei se Peter já teve uma mãe de verdade, mas, se teve, ele não sentia mais saudades dela. Podia passar muito bem sem uma mãe. Já analisara bem as mães, e só se lembrava de seu lado ruim.

– Não, não – disse ele a Wendy, resoluto. – Talvez ela diga que eu sou velho, e eu quero sempre ser um menino e me divertir.

– Mas Peter...

– Não.

Wendy teve que contar aos outros.

– O Peter não vai.

O Peter não vai! Eles olharam espantados para ele, todos carregando um pedaço de pau com uma trouxa amarrada no ombro. A primeira coisa que pensaram foi que, se Peter não ia, então ele provavelmente mudara de ideia e desistira de deixá-los ir.

Mas Peter era orgulhoso demais para fazer isso.

– Espero que vocês gostem das mães de vocês, se conseguirem descobrir onde elas estão – disse ele, perverso.

O horrível cinismo desta frase deixou todos pouco à vontade, e a maioria começou a hesitar. Afinal, diziam os rostos dos meninos, será que eles não eram uns malucos por quererem ir?

– Muito bem! – exclamou Peter. – Sem choro, nem bobagem. Tchau, Wendy.

E ofereceu alegremente a mão, como quem quisesse mandá-los logo embora, pois tinha algo importante a fazer.

Wendy teve que apertar a mão de Peter, pois não viu nenhum sinal de que ele talvez pudesse preferir um dedal.

– Você vai lembrar de trocar sua roupa de baixo, Peter? – perguntou Wendy, demorando-se junto a ele. Ela sempre insistia muito para que eles trocassem a roupa de baixo.

– Vou.

– E vai tomar seu remédio?

– Vou.

Não parecia haver mais nada a dizer. Fez-se um silêncio constrangedor. Peter, no entanto, não é do tipo que perde o controle na frente dos outros.

– Você está pronta, Sininho? – perguntou ele.

– Sim, capitão!

– Vá na frente.

Sininho zuniu até a árvore mais próxima. Mas ninguém foi atrás, pois foi nesse momento que os piratas deram início ao seu terrível ataque aos peles-vermelhas. Lá em cima, onde tudo estava tão quieto, o ar foi rasgado pelos gritos e pelo clamor do aço se chocando. Lá embaixo, ficou o maior silêncio. Bocas se abriram e continuaram abertas. Wendy caiu de joelhos, mas seus braços estavam estendidos para Peter. Todos os braços estavam estendidos para ele, como se houvessem sido soprados naquela direção; era uma súplica muda para que Peter não os deixasse. Quanto a Peter, ele agarrou sua espada, a mesma com a qual ele pensara ter matado Long John Silver; e a paixão pela batalha estava em seus olhos.

12

As crianças são raptadas

O ATAQUE DOS PIRATAS havia sido uma surpresa absoluta, o que era uma prova cabal de que o inescrupuloso Gancho conduzira tudo de modo torpe, pois nenhum homem branco consegue surpreender peles-vermelhas honestamente.

Segundo todas as leis que regem as batalhas dos selvagens,[47] é sempre o pele-vermelha quem ataca. E, com a sagacidade típica de sua raça, eles o fazem logo antes do nascer do sol, quando sabem que a coragem do homem branco está em seu nível mais baixo. Os homens brancos constroem um forte malfeito no topo de uma colina ao pé da qual corre um riacho, pois estar longe da água significa derrota certa. Lá, eles aguardam o massacre, com os soldados inexperientes segurando com força os revólveres e pisando nos galhos espalhados pelo chão, enquanto os mais velhos dormem tranquilos até logo antes do raiar do dia. Ao longo de toda a noite, os batedores dos índios rastejam como cobras pela grama, sem mover nem uma folha. A vegetação se fecha após eles passarem, com o mesmo silêncio da areia depois da toupeira entrar num buraco. Não se ouve nenhum som, a não ser quando eles fazem uma imitação maravilhosa do uivo solitário do coiote. Em resposta, outros bravos uivam também; e alguns deles o fazem até

47. A visão do autor era muito distinta da propagada pelos estudiosos de sua época. Os escritos europeus e americanos afirmavam que as táticas de guerra dos "selvagens" limitavam-se a assaltos e emboscadas.

melhor do que os coiotes, que não são muito bons nisso. Assim as horas geladas se passam, e o longo suspense é horrivelmente difícil para o cara-pálida que tem que passar por aquilo pela primeira vez; mas, para os mais treinados, aqueles uivos terríveis e silêncios mais terríveis ainda são apenas uma prova de que as horas da noite estão escoando.

Gancho conhecia tão bem esse procedimento que, ao agir de forma diferente, não podia pretextar ignorância.

Os Piccaninnies, por sua vez, confiavam sem questionar na honra do capitão, e todas as suas ações nessa noite contrastaram nitidamente com as dele. Os índios fizeram tudo que era consistente com a reputação de sua tribo. Graças à agudez de sentidos que ao mesmo tempo pasma e desespera os povos civilizados, eles souberam que os piratas estavam na ilha no instante em que eles pisaram num galho seco; e, num espaço de tempo muito curto, os uivos de coiote começaram. Cada metro do terreno entre o local onde as forças de Gancho haviam desembarcado e a casa debaixo da terra foi furtivamente examinado por bravos usando seus mocassins virados para trás. Eles encontraram apenas uma colina com um riacho na base, o que significava que Gancho não teria escolha: era ali que teria que acampar e esperar até logo antes de o dia amanhecer. Após tudo ter sido concluído com uma esperteza quase diabólica, a maior parte dos peles-vermelhas se enroscou em seus cobertores e, com aquela fleuma que, para eles, é a maior marca de bravura, sentaram-se em cima do lar das crianças, esperando pelo momento cruel em que iam acabar com os caras-pálidas.

Quando foram encontrados pelo traiçoeiro Gancho, os confiantes selvagens sonhavam acordados com as maravilhosas torturas pelas quais fariam o capitão passar após o sol raiar. Pelos relatos dos batedores que escaparam à carnificina, ele sequer acampou naquela colina, embora certamente a tenha visto à luz do fim de tarde. Parece que a ideia de esperar para ser atacado em nenhum momento passou por sua mente sutil. Gancho nem mesmo esperou até de madrugada, e atacou com apenas uma estratégia: cair em cima do inimigo. O que podiam fazer os confusos batedores? Eles eram mestres de todas as artimanhas de guerra, menos desta. Só lhes restou sair atabalhoados atrás de Gancho, expondo-se fatalmente ao ataque enquanto emitiam patéticos uivos de coiote.

Em torno da corajosa Princesa Tigrinha estava uma dúzia de seus mais fortes guerreiros, e eles de repente viram os pérfidos piratas se aproximando. Naquele momento, a visão da vitória deixou de encher seus olhos. Eles não iam mais torturar ninguém no tronco. Estavam a caminho do Eterno Campo de Caça. Sabiam disso; mas não deixaram de mostrar a coragem característica de seu povo. Apesar de o ataque ter sido tão repentino, se houvessem se levantado depressa os índios teriam tido tempo de formar uma falange que teria sido muito difícil de destruir. Mas isso eles estavam proibidos de fazer pelas tradições de sua raça. Está escrito que o nobre selvagem jamais deve expressar surpresa na presença do homem branco. Por mais terrível que a súbita aparição dos piratas deva ter sido para eles, os índios se mantiveram imóveis por um momento, sem mexer nem um músculo, como se o inimigo houvesse sido convidado por eles. Só depois, com a tradição bravamente mantida, eles pegaram suas armas, e um grito de guerra ressoou pelos ares; mas já era tarde demais.

Não cabe a mim descrever o que foi um massacre e não uma batalha. Assim pereceram alguns dos maiores bravos da tribo dos Piccaninnies. Mas eles foram vingados, pois Lobo Magro matou Alf Pedreiro, que não ia mais perturbar ninguém nas colônias espanholas; e entre os que bateram as botas estavam George Diarreia, Charles Troncudo e Fialho da Alsácia. Troncudo foi morto pela machadinha do terrível Pantera, que acabou conseguindo atravessar as hordas de piratas junto com Princesa Tigrinha e os poucos sobreviventes da tribo.

Os historiadores é que vão decidir até que ponto Gancho pode ser culpado por sua tática nessa ocasião. Se houvesse esperado na colina até o horário apropriado, ele e seus homens provavelmente teriam sido massacrados; antes de julgá-lo, é preciso ser justo e levar isso em consideração. O que Gancho talvez devesse ter feito fosse contar aos adversários que pretendia usar um novo método de ataque. Por outro lado, isso, ao destruir o elemento surpresa, teria tornado sua estratégia vã. Portanto, é muito difícil decidir a questão. Por mais relutante que eu me sinta, não consigo deixar de admirar a inteligência que concebeu um plano tão ousado, e a genialidade perversa com que este foi levado a cabo.

O que o próprio Gancho estava achando de si mesmo naquele momento triunfal? Seus capangas teriam adorado saber quando, com a respiração ofegante e limpando os cutelos, eles se juntaram a uma distância discreta do gancho do capitão, apertando seus olhos de fuinha para melhor ver aquele homem extraordinário. O coração de Gancho devia estar radiante, mas seu rosto não demonstrava isso. O capitão sempre foi um enigma cruel e solitário, e ele se mantinha distante de seus seguidores não apenas física, mas também espiritualmente.

A missão daquela noite ainda não estava cumprida, pois ele não viera destruir os peles-vermelhas; eles eram apenas as abelhas que deviam ser enxotadas antes que Gancho pudesse chegar ao mel. Era Peter Pan que ele queria – Peter, Wendy e seu bando, mas principalmente Peter.

Peter era um menino tão pequeno que até causa espanto o ódio que o capitão sentia por ele. É verdade que ele havia atirado a mão de Gancho para o crocodilo; mas até mesmo isso e a insegurança que isso causava, devido à obstinação do crocodilo, não explicavam uma vontade de vingança tão maligna e implacável. A verdade é que havia algo em Peter que provocava o capitão até deixá-lo ensandecido. Não era sua coragem, nem sua aparência encantadora, nem... Não dá mais para ficar fazendo rodeios, pois eu sei muito bem o que era, e tenho que contar. Era o fato de Peter ser tão arrogante.

Isso irritava muito Gancho; fazia com que ele cerrasse sua garra de ferro e, à noite, o perturbava como se fosse um pernilongo. Enquanto Peter estivesse vivo, aquele homem torturado ia se sentir como um leão enjaulado que vê um passarinho passar voando.

A questão agora era como ele ia descer por aquelas árvores, ou melhor, como seus capangas iam descer? Gancho passou os olhos famintos por elas, procurando pelas mais magras. As árvores se remexeram, preocupadas, pois sabiam que ele não teria escrúpulos em derrubá-las.

Enquanto isso, o que havia acontecido com os meninos? Nós os vimos quando a batalha começou, como que transformados em estátuas de pedra, com a boca aberta, implorando com os braços estendidos para Peter. Agora, vamos voltar a vê-los no minuto em que fecham a boca e deixam cair os braços. O pandemônio lá de cima cessou quase tão subitamente quanto começara, passou como uma terrível rajada de vento. Mas os meninos sabem que, ao passar, ele determinou seu destino.

Que lado venceu?

Os piratas, ouvindo ávidos nos troncos ocos, escutaram a pergunta que cada menino fez e, infelizmente, também escutaram a resposta de Peter.

– Se os peles-vermelhas tiverem ganhado, vão bater no tambor – disse ele. – É sempre assim que eles sinalizam a vitória.

Barrica havia encontrado o tambor dos índios, e estava sentado em cima dele naquele mesmo instante.

– Vocês nunca mais vão ouvir esse tambor – murmurou ele.

Mas murmurou bem baixinho, é claro, pois Gancho havia mandado os piratas fazerem um silêncio absoluto. Para espanto de Barrica, o capitão fez um sinal indicando que ele deveria bater no tambor; devagar, o imediato se deu conta da perversidade da ordem. É provável que esse homem simples nunca tenha sentido tanta admiração por Gancho quanto naquele momento.

Barrica bateu duas vezes no instrumento e depois parou, radiante, para escutar.

– O tambor! – gritou Peter, enquanto os vilões ouviam. – Uma vitória dos índios!

As malfadadas crianças deram vivas que foram como música para os ouvidos dos vilões lá em cima, e quase imediatamente voltaram a se despedir de Peter. Isso intrigou os piratas, mas tudo o que eles estavam sentindo foi engolido por uma alegria ignóbil diante do fato de que seu inimigo estava prestes a sair pelas árvores. Eles sorriram uns para os outros e esfregaram as mãos. Gancho deu suas ordens depressa e em silêncio: um homem para cada árvore e os outros formando uma fileira a dois metros de distância.

13

Você acredita em fadas?

O que aconteceu a seguir foi tão horrível que é melhor contar bem rápido. O primeiro a sair de sua árvore foi Caracol. Ele saiu e caiu bem nos braços de Cecco, que o atirou para Barrica, que o atirou para Cavalheiro Starkey, que o atirou para Bill Falsário, que o atirou para Macarrão, e assim foi sendo arremessado de um para outro até cair aos pés do pirata negro. Todos os meninos foram arrancados de suas árvores dessa maneira impiedosa; e vários deles foram lançados para o alto ao mesmo tempo, como sacos de farinha jogados de uma pessoa para outra.

Wendy, que veio por último, recebeu um tratamento diferente. Gancho tirou o chapéu para ela com uma polidez irônica e, oferecendo-lhe o braço, acompanhou-a até o local onde os outros estavam sendo amordaçados. Ele fez isso com tal ar de grandeza, foi tão absurdamente refinado, que Wendy sentiu-se fascinada demais para gritar. Ela era só uma garotinha.

Talvez eu esteja sendo dedo-duro ao revelar que, por um segundo, Wendy ficou hipnotizada por Gancho. Só estou contando isso porque essa escorregada dela levou a um estranho resultado. Se Wendy houvesse se desvencilhado de Gancho com altivez (e eu adoraria poder dizer que fez isso), teria sido lançada para o alto como os outros, e então o capitão provavelmente não teria estado presente enquanto as crianças eram amarradas. E, se ele não presenciasse esse momento, não teria descoberto o segredo de Magrelo e, sem o segredo, não teria podido cometer o vil atentado contra a vida de Peter.

FLUNG LIKE BALES

Lançados de um para o outro como sacos de farinha.

Para que os meninos não saíssem voando, os piratas os amarraram, colocando-os com os joelhos encostados nas orelhas; e, para prendê-los, o pirata negro cortara uma corda em nove pedaços iguais. Tudo correu bem até que chegou a vez de Magrelo, que acabou sendo que nem um daqueles pacotes irritantes que a gente tenta amarrar com um barbante, mas o barbante acaba depois de dar a volta e não sobra um pedaço para dar o nó. Os piratas chutaram Magrelo de raiva, que nem a gente, que chuta o pacote (embora, para ser justos, devêssemos chutar o barbante); e, por mais estranho que isso seja, foi Gancho quem os mandou parar com aquela violência. Havia um sorriso triunfal e maléfico em seu rosto.

Enquanto seus capangas estavam apenas cansados, pois sempre que tentavam amarrar o pobre menino de um lado ele sobrava do outro, o poderoso cérebro de Gancho já vira muito além da superfície de Magrelo, pensando não no efeito, mas na causa; e sua exultação mostrava que ele a encontrara. Magrelo, branco até a raiz dos cabelos, sabia que Gancho havia descoberto seu segredo, que era o seguinte: nenhum menino tão cheio podia usar uma árvore onde um homem de tamanho médio não caberia. O pobre Magrelo, que agora era a mais miserável das crianças devido ao pânico que estava sentindo por Peter, arrependeu-se amargamente do que havia feito. Ele era viciado em beber água quando estava com calor, e por isso havia inchado até atingir sua presente circunferência. Em vez de diminuir de tamanho para caber em sua árvore, sem que os outros soubessem, Magrelo talhara sua árvore para que ela coubesse nele.

Gancho adivinhou o suficiente para acreditar que Peter estava, afinal, à sua mercê. Mas ele não pronunciou nem uma palavra sobre o torpe plano que se formou nas cavernas subterrâneas de sua mente; apenas fez um sinal para os piratas, indicando que deveriam levar os prisioneiros para o navio e deixá-lo sozinho.

Como levar os meninos? Amarrados daquele jeito, eles podiam até ser rolados colina abaixo como barris, mas a maior parte do caminho era coberta por um pântano. Mais uma vez, a genialidade de Gancho se livrou da dificuldade. Ele indicou que a casinha de Wendy podia ser usada como meio de transporte. As crianças foram atiradas lá para dentro e quatro piratas fortes ergueram a casinha sobre os ombros. Os outros foram atrás e, cantando aquela horrível música dos piratas, o estranho comboio começou a atravessar a floresta. Eu não sei se havia alguma criança chorando; se havia, a música abafou o som. Mas, conforme a casinha foi desaparecendo na floresta, uma corajosa, porém minúscula nuvenzinha de fumaça saiu pela chaminé, como que desafiando o Capitão Gancho.

Gancho viu a fumaça e isso foi ruim para Peter. Fez secar qualquer pingo de piedade por ele que por acaso ainda pudesse restar no coração enfurecido do pirata.

A primeira coisa que Gancho fez ao se ver sozinho na floresta enquanto a noite caía depressa ao seu redor foi ir pé ante pé até a árvore de Magrelo e se certificar de que podia mesmo entrar na casa por ela. Depois, ele ficou um longo tempo refletindo, com seu agourento chapéu sobre a grama, para que uma leve brisa que surgira pudesse bagunçar seus cabelos e refrescá-lo. Embora seus pensamentos fossem sombrios, seus olhos continuavam com o azul suave do céu diurno. Gancho escutou com atenção para ver se ouvia algum som vindo das profundezas, mas lá embaixo, assim como ali em cima, tudo era silêncio. A casa debaixo da terra parecia ser apenas outro lar abandonado no vazio. Será que o menino estava dormindo ou será que estava esperando ao pé da árvore de Magrelo com a adaga na mão?

Só havia um jeito de descobrir: descendo. Gancho deixou que sua capa deslizasse suavemente até o chão e então, mordendo os lábios até que uma gota de seu sangue perverso brotasse deles, botou os pés dentro da árvore. Ele era um homem corajoso, mas teve que parar por um segundo e passar a mão sobre a testa, que estava pingando que nem uma vela acesa. Depois, sem fazer qualquer ruído, Gancho se soltou no desconhecido.

Ele chegou incólume ao fundo da árvore e voltou a ficar imóvel, tentando recuperar o fôlego que quase tinha sumido. Quando seus olhos se acostumaram à luz fraca, diversos objetos da casa debaixo da terra tomaram forma. Mas o único que o capitão ficou olhando com olhos gulosos, o único que era procurado há tanto tempo e que afinal fora encontrado, estava na imensa cama. Era Peter, dormindo a sono solto.

Sem saber da tragédia que se desenrolava lá em cima, Peter, depois que as crianças haviam ido embora, continuara a tocar alegremente sua flauta durante algum tempo. Sem dúvida, fora uma tentativa desesperada de provar para si mesmo que ele não se importava com a partida deles. Ele então decidira não tomar seu remédio, só para chatear Wendy. Depois, deitou-se na cama por cima da colcha, para irritá-la ainda mais – pois ela sempre ajeitava as cobertas com as crianças embaixo delas, já que nunca se sabe se a gente vai sentir frio no meio da noite. Depois, Peter quase chorou; mas aí pensou no quanto Wendy ficaria indignada se ele risse em vez disso. Deu uma risada bem gostosa e caiu no sono no meio dela.

Às vezes, embora não com frequência, Peter sonhava, e eram sonhos mais dolorosos que os dos outros meninos. Durante horas ele não conseguia se separar desses sonhos, embora gemesse de um jeito horrível enquanto os sonhava. Eu acho que esses sonhos tinham a ver com o mistério que é a existência de Peter. Nas vezes em que isso acontecia com ele, Wendy tinha o hábito de tirá-lo da cama e colocá-lo no colo, consolando-o com carinhos que ela própria inventara. Quando Peter se acalmava, Wendy o colocava de volta na cama antes que ele estivesse completamente acordado, para que não soubesse da humilhação à qual ela o submetera. Mas, nessa ocasião, Peter havia caído direto num sono sem sonhos. Um de seus braços pendia da cama, uma de suas pernas estava arqueada, e o restinho de sua risada estava pendurado em sua boca, que estava aberta, mostrando as perolazinhas que eram seus dentes.

Foi assim, indefeso, que Gancho o encontrou. O capitão ficou em silêncio, parado no pé da árvore, olhando para o inimigo do outro lado do quarto. Será que nem um fiapo de compaixão surgiu para perturbar seu coração sombrio? Esse homem não era de todo mau; ele amava flores (me disseram) e doces melodias (sabia tocar piano até muito bem); e eu devo admitir com franqueza que a natureza idílica da cena o tocou profundamente. Dominado por seu lado melhor, Gancho teria subido com relutância a árvore e voltado lá para cima, se não fosse por uma coisa.

O que impediu Gancho de ir embora foi a aparência impertinente de Peter enquanto dormia. A boca aberta, o braço pendido, o joelho arqueado; eles eram tamanha personificação de arrogância que espero que algo assim jamais volte a ser visto por olhos tão sensíveis a uma ofensa como essa. Isso gelou o coração de Gancho. Se a raiva o houvesse quebrado em cem pedaços, cada um desses pedaços teria pulado em cima do menino adormecido.

Embora a cama estivesse iluminada pela luz do único lampião que havia na casa, Gancho estava imerso na escuridão. Quando deu o primeiro passo furtivo para a frente, ele descobriu um obstáculo: a porta da árvore de Magrelo. A porta não cobria todo o buraco da árvore, e Gancho até então estava olhando por cima dela. Tateando em busca do trinco, ele descobriu, furioso, que este ficava lá embaixo, fora de seu alcance. O capitão, que estava com o cérebro perturbado, achou que o rosto e a postura de Peter haviam ficado ainda mais arrogantes, e ele sacudiu a porta e se atirou contra ela. Será que seu inimigo ia acabar lhe escapando?

Mas o que era aquilo? O brilho vermelho dos olhos do capitão encontrara o remédio de Peter numa prateleira ali perto. Ele logo compreendeu o que era, e no mesmo instante soube que o menino estava em seu poder.

Para não ser capturado vivo, Gancho sempre carregava um vidro com uma droga poderosa, uma mistura criada por ele mesmo e feita de todas as substâncias mortais que já encontrara. O capitão fervera tudo e inventara um líquido amarelo desconhecido pelos cientistas que provavelmente era o veneno mais virulento que existia.

Gancho colocou cinco gotas desse veneno na caneca de Peter. Sua mão tremeu – mas de exultação, não de vergonha. Ao fazer isso, o capitão evitou olhar para o menino adormecido; não com medo de que a piedade o fizesse perder a coragem, mas apenas para não derramar. Então ele lançou um olhar demorado e triunfal para sua vítima e, virando-se, rastejou com dificuldade árvore acima. Quando surgiu no topo, parecia mesmo a alma do mal saindo de sua cova. Gancho colocou seu chapéu no ângulo mais malvado, se enroscou em sua capa, segurando uma ponta na frente como quem quisesse esconder o corpo da noite, da qual ele próprio era a parte mais sombria, e, murmurando de um jeito esquisito para si mesmo, foi embora pé ante pé por entre as árvores.

Peter continuou a dormir. A luz tremulou e apagou, deixando a casa às escuras, e ele ainda assim dormia. Já deviam ser dez horas da noite no relógio do crocodilo quando Peter se sentou num pulo, sem saber por que havia acordado. Ele ouviu batidas leves e hesitantes na porta de sua árvore.

As batidas eram leves e hesitantes, mas, naquele silêncio todo, também eram sinistras. Peter tateou em busca da adaga até agarrá-la. Então, disse:

– Quem é?

Por um longo tempo, não houve qualquer resposta. Depois, bateram de novo.

– Quem é você?

Nenhuma resposta.

Peter sentiu um arrepio, e ele adorava arrepios. Com dois passos estava diante da porta. Ao contrário da porta de Magrelo, a sua ocupava todo o buraco da árvore, portanto Peter não podia ver por cima dela e a pessoa que batia não podia vê-lo.

– Não vou abrir a menos que você me responda! – disse Peter.

Finalmente o visitante disse algo, numa voz adorável que parecia o tilintar de sinos.

– Me deixe entrar, Peter.

Era Sininho, e Peter abriu depressa a porta para ela. A fadinha voou para dentro em grande agitação, com o rosto corado e o vestido manchado de lama.

– O que foi?

– Ah, você nunca vai adivinhar! – exclamou ela, dizendo que ele tinha três chances.

– Fale logo! – gritou Peter.

E, numa frase bem confusa, tão longa quanto aquela corda de lenços que os mágicos tiram de dentro da boca, Sininho contou sobre a captura de Wendy e dos meninos.

O coração de Peter deu pulos enquanto ele ouvia. Wendy estava amarrada e amordaçada no navio dos piratas. Logo ela, que gostava de tudo tão organizado!

– Eu vou resgatar a Wendy! – exclamou Peter, dando um salto para pegar suas armas.

No meio do salto, ele pensou em algo que podia fazer para agradar Wendy. Ele podia tomar seu remédio.

Sua mão agarrou o líquido fatal.

– Não! – gritou Sininho, que ouvira Gancho murmurando o que fizera enquanto ele atravessava a floresta.

– Por que não?

– O remédio foi envenenado.

– Envenenado? Por quem?

– Por Gancho.

– Não seja boba. Como o Gancho poderia ter descido até aqui?

Infelizmente, Sininho não sabia explicar isso, pois nem ela sabia o terrível segredo de Magrelo. No entanto, as palavras de Gancho não haviam deixado dúvida. O remédio de Peter estava envenenado.

– Além do mais, eu nem cheguei a cair no sono – disse Peter, acreditando muito em si mesmo.

Ele ergueu a caneca com o líquido. Não dava tempo de dizer nada, apenas de agir; e, rápida como um raio, Sininho se colocou entre os lábios de Peter e o líquido, bebendo-o até a última gota.

– Sininho, como você ousa tomar o meu remédio?

Mas ela não respondeu. Já estava cambaleando no ar.

– Qual o problema? – perguntou Peter, sentindo um medo súbito.

– Estava envenenado, Peter – disse ela, bem baixinho. – E agora eu vou morrer.

– Ah, Sininho, você bebeu para me salvar?

– Bebi.

– Mas por que, Sininho?

As asinhas de Sininho mal podiam sustentá-la agora, mas, em resposta, ela pousou no ombro de Peter, deu uma mordidinha carinhosa no queixo dele e sussurrou:

– Seu imbecil...

E depois, caminhando com dificuldade até seu quarto, deitou-se na cama.

A cabeça de Peter ocupou quase toda a quarta parede[48] do quartinho quando ele se ajoelhou ali ao lado para poder estar perto de Sininho durante aquele sofrimento. A cada instante, a luz dela ia ficando mais fraca; e Peter sabia que, se ela se apagasse, era porque a fadinha havia morrido. Sininho gostou tanto de ver as lágrimas dele que esticou seu lindo dedinho e deixou que elas pingassem sobre ele.

Sua voz estava tão fraca que, no início, Peter não entendeu o que ela estava dizendo. Mas depois conseguiu compreender. Sininho estava dizendo que achava que ia melhorar se as crianças acreditassem em fadas.

Peter abriu os braços, sem saber o que fazer. Não havia crianças ali, e já estava de noite; mas ele falou com todas que talvez estivessem sonhando com a Terra do Nunca e que, portanto, estavam mais perto dele do que se imagina ser possível – meninos e meninas de pijama, indiozinhos nus dormindo em cestas penduradas nas árvores.

– Vocês acreditam? – exclamou Peter.

Sininho se sentou na cama bem depressa para ver qual seria seu destino.

Ela achou que estava escutando algumas crianças dizendo sim, mas não tinha certeza.

---

48. É, no teatro, a parede imaginária que isola a plateia, separando-a do que está sendo encenado. O termo, contudo, pode ser aplicado a qualquer tipo de ficção. Na versão teatral de *Peter Pan*, James Barrie rompe essa parede ao pedir para o público bater palmas para salvar Sininho.

– O que você acha? – perguntou Sininho a Peter.

– Se vocês acreditam, batam palmas! – gritou Peter. – Não deixem a Sininho morrer!

Muitos bateram.

Alguns não.

Alguns monstrinhos até fizeram careta.

Os aplausos pararam de repente, como se inúmeras mães houvessem entrado correndo nos quartos de seus filhos para ver o que estava acontecendo. Mas Sininho já estava salva. Primeiro, sua voz ficou mais forte. Depois, ela se levantou da cama. E então disparou pela casa, mais alegre e safada do que nunca. Sininho nem pensou em agradecer àqueles que acreditaram, mas teria gostado de pegar os que fizeram careta.

– E agora, vamos salvar a Wendy!

A lua estava galopando num céu cheio de nuvens quando Peter surgiu de dentro de sua árvore, carregado de armas e quase nu, para cumprir sua perigosa missão. Para ele, teria sido melhor se a noite estivesse diferente. Peter queria ir voando, mantendo-se sempre próximo ao chão para que nada de anormal lhe escapasse; mas, se voasse baixo naquela luz bruxuleante, sua sombra apareceria nas copas das árvores, perturbando os pássaros e denunciando sua presença para qualquer inimigo que estivesse atento.

Ele se arrependeu de ter dado nomes tão esquisitos para os pássaros da ilha, tornando-os tão selvagens e ariscos.

A única solução era atravessar a floresta como os peles-vermelhas faziam, técnica que Peter, felizmente, conhecia muito bem. Mas em que direção, já que ele não tinha certeza se as crianças haviam sido levadas para o navio? Um pouco de neve havia caído, apagando todas as pegadas do chão; e na ilha inteira havia um silêncio de morte, como se durante algum tempo a própria natureza estivesse paralisada de horror diante da recente carnificina. Peter ensinara às crianças alguns dos truques da floresta que aprendera com Princesa Tigrinha e Sininho, e sabia que, naquele momento difícil, elas não iam esquecê-los. Por exemplo, Magrelo faria alguma marca nas árvores se tivesse uma oportunidade,

HOOK OR ME THIS TIME

– Dessa vez, é o Gancho ou eu.

Caracol deixaria cair algumas sementes no chão e Wendy largaria seu lenço em um trecho importante. Mas Peter só poderia buscar esses sinais de manhã, e ele não podia esperar. O mundo lá de cima o chamara, mas não podia ajudá-lo.

O crocodilo passou por Peter, mas ele não viu nenhuma outra criatura, não escutou nenhum outro som, não discerniu nenhum outro movimento. No entanto, sabia muito bem que a morte súbita podia estar aguardando na próxima árvore, ou espreitando-o pelas costas.

Peter fez um juramento terrível:

– Dessa vez, é o Gancho ou eu.

Ele seguiu em frente, ora rastejando como uma cobra, ora ficando de pé e disparando por uma clareira iluminada pela lua, com um dedo sobre os lábios e a adaga pronta para ser usada. Estava assustadoramente feliz.

14

O navio pirata

Uma luz verde piscando sobre o Riacho Capitão Kidd,[49] que fica perto da foz do rio dos piratas, marcava o local onde estava ancorado o navio *Caveira e Ossos*, uma embarcação fétida, perversa de popa a proa, detestável em cada uma de suas vigas, feito um chão coberto de penas estraçalhadas. O *Caveira* era o canibal dos mares, e nem precisava de vigia. Flutuava imune graças ao horror que seu nome despertava.

O navio estava envolto pelo manto da noite, que impedia que qualquer som vindo dele chegasse às margens. Poucos ruídos estavam sendo emitidos ali, e o único agradável era o ronco da máquina de costura do navio, que estava sendo usada por Barrica, o patético e sempre trabalhador e prestativo Barrica, a essência do lugar-comum. Eu não sei por que ele era tão infinitamente patético – talvez por ser tão pateticamente inconsciente de que o era. Mas até mesmo homens fortes tinham que desviar depressa o olhar quando o encontravam e, em mais de uma ocasião, em noites de verão, Barrica tocara a fonte das

---

49. Mais conhecido como Capitão Kidd, William Kidd (1645-1701) foi um marinheiro escocês, condenado à morte por pirataria. Inicialmente contratado por nobres ingleses e americanos para combater piratas franceses, sua fama como pirata cresceu por conta de sua crueldade com os inimigos e também a bordo. Na literatura, foi imortalizado por Edgar Allan Poe em "O escaravelho de ouro" (1843), pelo escritor norte-americano Washington Irving (1783-1859) em "The Devil and Tom Walker" (1824) e por Robert Louis Stevenson em *A ilha do tesouro*; já na cultura pop, é citado na canção "Bob Dylan's 115th Dream", do cantor americano Bob Dylan.

lágrimas de Gancho e o fizera derramá-las. O imediato não tinha ideia disso, pois não tinha ideia de quase nada.

Alguns dos piratas estavam debruçados na amurada do navio, inalando a atmosfera fétida da noite; outros estavam esparramados sobre barris, jogando baralho ou dados; e os quatro que haviam carregado a casinha tinham desabado de exaustão no convés onde, mesmo dormindo, rolavam habilmente para um lado ou para o outro para escapar de Gancho, pois não queriam correr o risco de levar uma enganchada distraída quando ele passasse.

Gancho caminhava pelo convés, pensativo. Que homem incompreensível! Aquele era seu momento de triunfo. Peter fora removido de seu caminho para sempre, e todos os outros meninos estavam no navio, prestes a caminhar na prancha. Aquele fora seu crime mais repugnante desde que ele subjugara Long John Silver. E sabendo, como nós sabemos, o quanto os homens são vaidosos, não acharíamos normal se ele agora estivesse cambaleando pelo convés, zonzo de alegria com tanto sucesso?

Mas não havia júbilo em seus movimentos, que estavam em sintonia com sua lúgubre mente. Gancho sentia uma profunda melancolia.

Ele muitas vezes ficava assim quando refletia no navio, em meio ao silêncio da noite. Era porque se sentia tão terrivelmente só. Esse homem inescrutável[50] se sentia mais sozinho do que nunca quando estava rodeado por seus capangas. Socialmente, eles eram tão inferiores.

Gancho não era seu sobrenome verdadeiro. Se eu o revelasse causaria o maior escândalo, mesmo depois de tanto tempo. Mas aqueles que sabem ler nas entrelinhas já devem ter adivinhado que o capitão estudou numa escola que é muito famosa na Inglaterra; e as tradições desse estabelecimento ainda o envolviam como se fossem roupas – aliás, as

50. Em seu ensaio "Hook and Ahab: Barrie's Strange Satire on Melville" (1965), o acadêmico David Park Williams propõe que *Peter Pan* seja uma espécie de paródia ou sátira ao clássico de Herman Melville, *Moby Dick*. Assim, a perseguição à baleia empreendida por Ahab é replicada, ao revés, na perseguição do crocodilo ao Capitão Gancho. Além disso, os dois capitães carregariam os mesmos adjetivos em seus respectivos livros: "sinistro", "sombrio" e "inescrutável".

roupas são grande parte das tais tradições. Por isso, mesmo hoje em dia ele considerava altamente desprezível entrar num navio usando os mesmos trajes que usara para atacá-lo; e, quando caminhava, ainda se movia com o andar característico dos alunos da tal escola. Mas, acima de tudo, Gancho ainda tinha uma verdadeira paixão pelos bons modos.

Os bons modos! Por mais que Gancho houvesse se degenerado, ele ainda sabia que eles são a única coisa que realmente importa.

Das profundezas de seu ser, o capitão ouvia um rangido parecido com o de uma porta enferrujada, e por ela saíam batidas que eram como marteladas no meio da noite, quando a gente não consegue dormir.

– Você se comportou bem hoje? – essa era a pergunta que as batidas sempre faziam.

– Eu tenho fama, fama, essa joia tão gloriosa! – exclamava Gancho.

– Por acaso ter fama é ter bons modos? – respondiam as batidas de sua velha escola.

– Eu sou o único homem que botava medo no Long John Silver! – insistia ele. – E até o Capitão Flint tinha medo do Long John Silver!

– Long John Silver, Capitão Flint... Em que escola eles estudaram? – diziam sarcasticamente as batidas.

O pensamento mais inquietante de todos era esse: será que não era maus modos ficar pensando em bons modos?

Esse problema o torturava. Era como se Gancho tivesse dentro de si uma garra ainda mais afiada que a garra de ferro que usava como mão. E, enquanto ele se preocupava com isso, o suor pingava de seu rosto ensebado e molhava seu gibão. Muitas vezes, Gancho passava a manga do gibão na testa, mas não havia como fazer o suor parar de brotar.

Ah, não sintam inveja do Capitão Gancho!

Ele subitamente teve um pressentimento de que logo estaria morto. Foi como se o terrível juramento de Peter houvesse entrado no navio. Gancho teve uma vontade triste de fazer logo seu último discurso, para o caso de em breve não ter mais tempo para isso.

– Teria sido melhor para o Gancho ter tido menos ambição! – exclamou ele.

Só em seus momentos mais sombrios o capitão falava de si mesmo na terceira pessoa.

– Não tem nenhuma criança que goste de mim![51]

Era estranho ele dizer isso, pois tal coisa jamais o incomodara antes. Talvez tenha sido a máquina de costura que o fez pensar no assunto. Durante um longo tempo, o capitão ficou murmurando sozinho e olhando para Barrica, que estava placidamente fazendo uma bainha, crente que todas as crianças o temiam.

Temiam! Temiam o Barrica! Não havia uma criança a bordo do navio aquela noite que já não o amasse. Ele dissera coisas horrorosas para elas e batera em todas com a mão aberta, pois não tinha coragem de bater com os punhos cerrados; mas as crianças só se agarraram mais com ele. Miguel até experimentara seus óculos.

Imaginem se alguém contasse ao pobre Barrica que as crianças o achavam uma gracinha! Gancho estava louco de vontade de fazer isso, mas parecia maldade demais. Em vez de contar, ele ficou revirando aquele mistério em sua mente: por que elas achavam Barrica uma gracinha? Gancho continuou a pensar no problema, pois era como um cão farejador que não desistia nunca. O que fazia com que Barrica fosse uma gracinha? Uma resposta terrível surgiu de repente: seriam bons modos?

Será que o imediato tinha bons modos sem saber? Esses eram os melhores modos de todos!

Gancho lembrou que você tinha que provar que não sabia que tinha bons modos se quisesse entrar no clube mais elitista da tal escola.

Com um grito de raiva, ele ergueu a mão de ferro sobre a cabeça de Barrica; mas não o matou. O que o impediu de fazê-lo foi esse pensamento: "Matar um homem por ele ter bons modos é o quê?"

"Maus modos!"

---

51. Segundo Pauline Chase (1885-1962), a atriz que interpretou Peter Pan entre 1906 e 1913, em Nova York, depois que a peça acabava algumas crianças esperavam para falar com o Capitão Gancho. O intuito era dizer que o amavam, mas acabavam mudas diante da assustadora figura e seu gancho.

O infeliz Gancho não podia fazer nada além de enxugar seu suor, e ele caiu ao chão como uma flor cortada do caule.

Os capangas acharam que ele tinha ido dormir um pouco, e a disciplina imediatamente diminuiu. Eles começaram uma dança frenética, o que fez o capitão se levantar no mesmo segundo. Todos os traços de sua fraqueza haviam desaparecido como se tivessem sido lavados por um balde de água fria.

– Silêncio, seus animais! – gritou Gancho. – Ou eu jogo a âncora em vocês!

Todos fizeram um silêncio instantâneo.

– As crianças estão todas amarradas, para não poderem voar? – perguntou o capitão.

– Sim, capitão!

– Então tragam esses bandidos aqui!

Os infelizes prisioneiros foram arrastados para fora da casinha, todos exceto Wendy, e dispostos em fileira diante de Gancho. Durante algum tempo, ele não pareceu perceber sua presença. Ficou andando calmamente de um lado para outro, assobiando, bastante bem, aliás, trechos de uma música grosseira, e embaralhando cartas. De tempos em tempos, a brasa de seu charuto iluminava e coloria seu rosto.

– Muito bem, seus safados – disse o capitão, sem rodeios. – Seis de vocês vão andar na prancha hoje, mas eu tenho vaga para dois grumetes. Quem vai ser?

Wendy havia mandado os meninos não irritarem Gancho sem que fosse necessário. Por isso, Firula deu educadamente um passo à frente. Ele detestava a ideia de trabalhar para aquele homem, mas seu instinto lhe disse que seria prudente jogar a culpa pela recusa numa pessoa que não estivesse ali. E, embora Firula fosse um menino um pouco bobo, ele sabia que as mães estão sempre dispostas a assumir a responsabilidade por tudo. Isso é uma coisa que todas as crianças sabem e, apesar de elas desprezarem suas mães por esse motivo, usam essa desculpa o tempo todo.

Por isso, Firula explicou com grande prudência:

– Sabe, capitão, acho que a minha mãe não ia gostar que eu virasse pirata. Sua mãe ia gostar que você virasse pirata, Magrelo?

Firula piscou para Magrelo, que respondeu num tom triste, como se lamentasse o fato:

– Acho que não. Sua mãe ia gostar que você virasse pirata, Gêmeo?

– Acho que não – disse o primeiro Gêmeo, tão esperto quanto os outros. – Bico, sua mãe ia gostar que você...

– Silêncio! – rugiu Gancho, e os meninos que haviam respondido foram arrastados de volta para seus lugares. – Você! – disse ele, falando com João. – Você parece que tem um pouco de coragem. Você nunca quis ser pirata, meu querido?

João já sentira vontade de ser pirata às vezes, durante as aulas de matemática; e ele ficou chocado quando Gancho o escolheu.

– Eu já pensei em usar o nome João Mão-Leve – disse ele, envergonhado.

– E olhe que é um bom nome! A gente chama você assim, seu safado, se você quiser entrar pro bando.

– O que você acha, Miguel? – perguntou João.

– Se eu entrar no bando vocês vão me chamar de quê? – quis saber Miguel.

– Joe Barba Negra.

Miguel, naturalmente, ficou impressionado.

– O que você acha, João?

Ele queria que João decidisse, mas João queria que ele decidisse.

– Nós ainda vamos ser súditos obedientes do rei da Inglaterra? – perguntou João.

Gancho rangeu os dentes de raiva e respondeu:

– Vocês vão ter que jurar: abaixo o rei!

Talvez João não houvesse se comportado muito bem até então, mas, naquele momento, ele foi maravilhoso.

– Então eu recuso! – exclamou ele, dando um tapa no barril que estava diante de Gancho.

– E eu também! – exclamou Miguel.

– Viva a Inglaterra! – guinchou Caracol.

Os piratas, enfurecidos, lhe deram tapas na boca. Gancho gritou:

– Isso selou o destino de vocês! Tragam a mãe deles! Preparem a prancha!

Eles eram apenas meninos, e todos ficaram pálidos ao verem Bill Falsário e Cecco preparando a prancha fatal. Mas tentaram fazer cara de corajosos quando Wendy foi trazida.

Nada que eu possa dizer descreverá o quanto Wendy desprezava aqueles piratas. Para os meninos, os piratas pelo menos tinham algum glamour; mas a única coisa que Wendy via era que há anos que ninguém fazia uma faxina naquele navio. Os vidros estavam tão imundos que dava para escrever "porco nojento" com o dedo em cada pedacinho deles; e Wendy já escrevera em vários. Mas, quando os meninos a rodearam, é claro que ela só pensou neles.

– Então, minha linda – disse Gancho com a voz cheia de açúcar –, você vai ver seus filhos andarem na prancha.

Embora o capitão fosse um cavalheiro refinado, a intensidade de suas reflexões o fizera suar tanto que sujara sua gola de renda e, subitamente, ele soube que Wendy estava olhando para ela. Gancho apressou-se em tentar esconder a gola, mas já era tarde demais.

– Eles vão morrer? – perguntou Wendy com uma expressão de tamanho desprezo que o capitão quase desmaiou.

– Vão – rosnou ele. – Silêncio! – gritou o capitão com um ar de superioridade. – Vamos ouvir as últimas palavras de uma mãe para seus filhos!

Nesse momento, Wendy foi magnífica.

– Essas são minhas últimas palavras, meus queridos meninos – disse ela com firmeza. – Eu sinto que tenho uma mensagem para vocês de suas mães verdadeiras, e aí vai ela: "Nós queremos que nossos filhos morram como verdadeiros valentes."

Até os piratas ficaram embasbacados. Firula gritou histericamente:

– Eu vou fazer o que a minha mãe quer! O que você vai fazer, Bico?

– O que a minha mãe quer! O que você vai fazer, Gêmeo?

– O que a minha mãe quer! João, o que você...

Mas Gancho, que havia perdido a fala, encontrou-a de novo.

– Amarrem a mãe! – gritou ele.

Foi Barrica quem amarrou Wendy ao mastro.

– Olhe só, meu amor – sussurrou ele. – Eu lhe salvo se você prometer ser minha mãe.

Mas Wendy não faria essa promessa nem para Barrica.

– Seria quase preferível não ter filhos – disse ela com desdém.

É triste contar que nem um dos meninos estava olhando para Wendy quando Barrica a amarrou no mastro; os olhos de todos estavam virados para a prancha, aquele último trechinho que eles iam atravessar antes de morrer. Os meninos não estavam mais esperando caminhar na prancha como homens, pois haviam perdido a capacidade de pensar; só conseguiam arregalar os olhos e tremer.

Gancho deu um sorrisinho de superioridade para eles e se aproximou de Wendy. Sua intenção era virar seu rosto para que ela visse os meninos andando na prancha um por um. Mas o capitão não chegou a se postar ao lado de Wendy, não chegou a ouvir o grito de angústia que esperava arrancar dela. O que ele ouviu foi outra coisa.

O terrível tic-tac do crocodilo.

Todos ouviram – os piratas, os meninos, Wendy. Imediatamente, todos os rostos se voltaram na mesma direção; não para a água, de onde vinha o som, mas para Gancho. Todos sabiam que o que estava prestes a acontecer só dizia respeito a ele e que, de atores, eles haviam passado a meros espectadores.

Foi horrível ver a mudança no comportamento do capitão. Como se houvesse levado um soco em cada membro, ele desabou no chão.

O som foi se aproximando cada vez mais; e, antes dele, veio o pensamento aterrador: "O crocodilo vai subir no navio!"

Até a garra de ferro pendia inerte, como se soubesse que não era parte intrínseca do que o atacante buscava. Largado daquela maneira, tão absurdamente sozinho, qualquer homem teria ficado congelado de medo e com os olhos fechados. Mas o cérebro gigantesco de Gancho ainda estava trabalhando e, obedecendo-lhe, o capitão engatinhou pelo convés, se afastando o máximo que pôde do som. Os piratas respeitosamente lhe deram passagem, e ele só falou quando chegou à amurada.

– Escondam-me! – gritou Gancho com a voz rouca.

Os piratas fizeram um círculo em torno dele, todos desviando o olhar da coisa que estava subindo no navio. Nem passou por suas cabeças tentar lutar contra o crocodilo. Não se pode lutar contra o destino.

Depois que Gancho estava escondido, a curiosidade despertou os meninos de sua paralisia e eles correram para a lateral do navio para ver o crocodilo subindo pelo lado de fora. Nesse momento, eles tiveram a mais inacreditável surpresa dessa Noite das Noites, pois não era o crocodilo que estava vindo lhes salvar. Era Peter.

Ele fez um gesto, indicando que não era para os meninos soltarem nenhum grito de admiração que pudesse deixar os piratas desconfiados. E continuou a fazer o tic-tac.

15

"Dessa vez, é o Gancho ou eu"

Coisas estranhas acontecem conosco ao longo da vida, e nós podemos passar um bom período sem perceber que elas aconteceram. Por exemplo, podemos de repente descobrir que estamos surdos de um ouvido sem saber há quanto tempo, e já fazer, digamos, meia hora. Aquela noite, algo parecido acontecera com Peter. Da última vez que nós o vimos, ele estava atravessando furtivamente a ilha com um dedo sobre os lábios e a adaga pronta para ser usada. Peter vira o crocodilo passar sem notar nada de diferente nele, mas, após alguns instantes, se deu conta de que ele não estava fazendo tic-tac. A princípio Peter achou isso esquisito, mas logo concluiu, com razão, que a corda do relógio havia acabado.

Sem nem parar para pensar em como devia ter sido triste para o crocodilo ser privado de maneira tão abrupta de seu companheiro mais chegado, Peter no mesmo segundo se perguntou como poderia usar essa catástrofe em benefício próprio. Ele decidiu fazer tic-tac, para que as feras acreditassem que era o crocodilo e o deixassem passar sem incomodá-lo. Peter sabia fazer tic-tac muito bem, mas isso teve um resultado inesperado. O crocodilo foi um dos que ouviram o som, e ele decidiu seguir Peter. Mas nós nunca vamos saber ao certo se seu propósito era recuperar o que havia perdido ou se ele estava apenas agindo como um amigo de Peter e acreditando que o tic-tac vinha de si mesmo. O crocodilo, como todos que viram escravos de uma ideia fixa, não passava de um burro.

Peter chegou à praia sem problemas e seguiu direto em frente, entrando na água sem que suas pernas soubessem que haviam adentrado um novo elemento. Muitos animais passam da terra para a água assim, mas Peter é o único ser humano que eu conheço que consegue fazer isso. Enquanto nadava, ele só pensava em uma coisa: "Dessa vez, é o Gancho ou eu." Peter vinha fazendo tic-tac há tanto tempo que continuou a fazer sem perceber. Se houvesse percebido ele teria parado, pois, embora entrar no navio com a ajuda do tic-tac fosse uma ideia engenhosa, ela não lhe ocorrera.

Ao contrário, Peter achou que havia subido a lateral do *Caveira e Ossos* tão silenciosamente quanto um camundongo, e ficou espantado ao ver os piratas se encolhendo de medo dele, e Gancho no meio de todos, tremendo como se tivesse ouvido o crocodilo.

O crocodilo! Assim que Peter lembrou, ele ouviu o tic-tac. A princípio, achou que o som estava vindo mesmo do animal, e olhou para trás bem depressa. Depois, se deu conta de que o barulhinho vinha dele e, num átimo, entendeu a situação. "Como eu sou esperto!", pensou Peter imediatamente, fazendo um gesto para que os meninos não começassem a aplaudi-lo.

Foi neste momento que Ed Barraco, o contramestre do navio, surgiu de dentro do castelo de proa[52] e foi para o convés. Agora, leitor, use um relógio para marcar em quanto tempo tudo ocorreu. Peter deu um golpe certeiro e profundo. João botou as mãos sobre a boca do azarado pirata para abafar o gemido que ele deu antes de morrer. O pirata caiu para a frente. Quatro meninos o agarraram para impedir que ele batesse no chão com um baque. Peter fez um sinal e o cadáver foi atirado no mar. Ouviu-se um *tchibum* e depois o silêncio. Quanto tempo levou?

– Um!

(Magrelo havia começado a contar.)

Peter, com cada centímetro do corpo nas pontas dos pés, desapareceu para dentro da cabine bem na hora, pois alguns piratas estavam

52. A parte dianteira do convés até o primeiro mastro.

tomando coragem para olhar em volta. Eles já conseguiam ouvir a respiração ofegante uns dos outros, o que significava que o som mais terrível havia desaparecido.

– Já foi, capitão – disse Barrica, limpando os óculos. – Está tudo calmo de novo.

Devagar, Gancho deixou que sua cabeça surgisse de dentro da gola de renda, ouvindo com tanta atenção que poderia ter escutado até o eco do tic-tac. Mas estava o mais completo silêncio, e ele se empertigou até ficar de sua altura normal.

– Então, vamos ao Johnny Prancha! – exclamou Gancho no maior descaramento, odiando os meninos mais do que nunca porque eles o haviam visto morto de medo.

E começou a cantar aquela canção vil:

Ho-ho, ho-ho, a linda prancha
Feita para caminhar,
Ela desaba, você acaba
No meio das ondas do mar!

Para aterrorizar ainda mais os prisioneiros, embora isso o fizesse perder um pouco de sua dignidade, o capitão dançou numa prancha imaginária, fazendo caretas para eles enquanto cantava. Quando terminou, ele disse:

– Querem umas lambadas do gato[53] antes de andarem na prancha?

Todos caíram de joelhos gritando "Não, não!" com tanto pavor que cada pirata abriu um sorriso.

– Pegue o chicote de nove pontas, Bill Falsário! – disse Gancho. – Está na cabine.

A cabine! Peter estava na cabine! As crianças se entreolharam.

---

53. O gato de nove rabos (*cat o' nine tails*), ou simplesmente gato, é um chicote com múltiplas tiras que foi usado como um instrumento de punição pela Marinha e Exército britânicos até 1881.

– Sim, capitão – disse Bill alegremente, entrando na cabine.

Os meninos ficaram olhando para o pirata. Mal perceberam que Gancho havia voltado a cantar e que seus capangas o acompanhavam:

Ho-ho, ho-ho, um chicotinho
Com nove belas pontas,
Quando sentir o seu carinho...

O último verso jamais será conhecido, pois, de repente, a canção foi interrompida por um terrível grito vindo da cabine. O som se espalhou pelo navio e morreu. Depois, ouviu-se um cocoricó que os meninos entenderam bem, mas que, para os piratas, foi ainda mais assustador do que o grito.

– O que foi isso? – exclamou Gancho.

– Dois – disse Magrelo, grave.

Cecco, o italiano, hesitou por um momento e depois correu até a cabine. Ele saiu cambaleando, apavorado.

– O que aconteceu com o Bill Falsário, seu cão? – rosnou Gancho, se erguendo sobre ele.

– O que aconteceu com ele é que ele está morto! Foi esfaqueado! – respondeu Cecco num fio de voz.

– Bill Falsário está morto! – repetiram os aterrados piratas.

– A cabine está um breu – disse Cecco, quase sem conseguir pronunciar as palavras. – Mas tem alguma coisa horrível lá dentro. Aquela coisa que vocês ouviram cocoricando.

O Gancho viu os piratas abaixando a cabeça e percebeu que os meninos haviam ficado exultantes.

– Cecco – disse ele em seu tom mais severo –, entre lá e pegue esse frango para mim.

Cecco, o mais bravo entre os bravos, se encolheu diante do capitão, implorando:

– Não! Não!

Mas Gancho estava acariciando a garra de ferro.

– Você disse que ia, Cecco? – perguntou ele, com um ar pensativo.

Cecco ergueu os braços em desespero e foi. Ninguém mais estava cantando. Todos ficaram escutando. Mais uma vez ouviu-se um grito de morte e um cocoricó.

Ninguém falou nada, com exceção de Magrelo.

– Três – disse ele.

Gancho tentou animar seus capangas com um gesto.

– Com mil milhões de tubarões! – rugiu ele. – Quem vai me trazer esse frango?

– Vamos esperar até Cecco sair – rosnou Cavalheiro Starkey.

Os outros concordaram.

– Acho que ouvi você se oferecer para ir, Cavalheiro Starkey – disse Gancho, acariciando a garra de ferro mais uma vez.

– De jeito nenhum! – exclamou Cavalheiro Starkey.

– Meu gancho ouviu também – disse o capitão, se aproximando dele. – Será que não é melhor, Cavalheiro Starkey, fazer o que o gancho quer?

– Prefiro ser enforcado a entrar lá – teimou Cavalheiro Starkey, mais uma vez com o apoio do resto da tripulação.

– Isso é um motim? – perguntou Gancho, mais afável do que nunca. – E parece que o Cavalheiro Starkey é o líder.

– Tenha piedade, capitão – gemeu Cavalheiro Starkey, se tremendo por inteiro.

– Aperte minha mão, Cavalheiro Starkey – disse Gancho, estendendo a garra.

Cavalheiro Starkey olhou em volta em busca de ajuda, mas todos o haviam desertado. Ele foi andando de ré e Gancho foi avançando, com aquele brilho vermelho nos olhos. Com um grito de desespero, o pirata pulou no Tonhão Comprido e se atirou no mar.

– Quatro – disse Magrelo.

– E agora, tem algum outro senhor que queira fazer um motim? – perguntou Gancho educadamente.

Ele pegou um lampião, ergueu a garra com um ar ameaçador e disse:

– Eu mesmo vou pegar esse frango.

E caminhou depressa na direção da cabine.

Como Magrelo queria dizer "cinco"! Ele chegou a molhar os lábios para se preparar, mas Gancho saiu da cabine cambaleando e sem o lampião.

– Alguma coisa apagou a luz – disse ele, meio inseguro.

– Alguma coisa! – repetiu Molambo.

– E o Cecco? – quis saber Macarrão.

– Está tão morto quanto o Bill – disse Gancho, sem maiores explicações.

Sua relutância em voltar para a cabine causou uma péssima impressão em seus capangas, e os murmúrios de motim ressurgiram. Todos os piratas são supersticiosos. Cuca exclamou:

– Dizem que o sinal mais definitivo de que um navio está amaldiçoado é quando tem uma pessoa a mais a bordo e ninguém sabe explicar como.

– E eu ouvi que essa pessoa é sempre a última a entrar no navio – murmurou Molambo. – Ele tinha rabo, capitão?

– Dizem – falou outro pirata, olhando com fúria para Gancho – que, quando ele vem, sempre tem a mesma cara que o homem mais malvado do navio.

– Ele tinha gancho, capitão? – perguntou Cuca, insolente.

Todos os piratas começaram a berrar:

– O navio está condenado!

Ao ouvirem isso, as crianças não se contiveram e deram gritos de alegria. Gancho já quase se esquecera de seus prisioneiros, mas ele agora se virou para eles, voltando a fazer uma cara de satisfação.

– Rapazes! – exclamou o capitão para sua tripulação. – Tive uma ideia. Abram a porta da cabine e enfiem esses daí lá dentro. Eles que briguem com o frango. Se matarem o bicho, melhor para nós. Se morrerem, não faz diferença.

Pela última vez, os capangas de Gancho o admiraram, e fizeram o que ele mandara com devoção. Os meninos fingiram se debater e foram empurrados para dentro da cabine. A porta foi fechada atrás deles.

– Agora, ouçam! – disse Gancho.

Todos ficaram ouvindo, mas ninguém teve coragem de ficar de frente para a porta. Só uma pessoa: Wendy, que, enquanto tudo isso acontecia, continuava presa ao mastro. Ela não estava esperando nem por um grito e nem por um cocoricó. Estava esperando que Peter reaparecesse.

Não teve que esperar muito. Na cabine, Peter encontrara o que tinha ido procurar ali: a chave que abriria os cadeados que prendiam os meninos. Todos então seguiram adiante, pé ante pé, levando quaisquer armas que haviam conseguido achar. Indicando com um gesto que os meninos deviam se esconder, Peter cortou as amarras de Wendy. Teria sido mais fácil se todos eles houvessem saído voando, mas algo barrava seu caminho. Era um juramento: "Dessa vez, é o Gancho ou eu." Assim, após soltar Wendy, Peter mandou-a aos sussurros se esconder junto com os outros, e ele próprio ocupou seu lugar no mastro, enrolado na capa da menina para poder se passar por ela. Ele respirou fundo e cocoricou.

Para os piratas, aquilo significava que todos os meninos estavam mortos dentro da cabine; eles entraram em pânico. Gancho tentou lhes dar coragem, mas ele próprio havia transformado os piratas em cães, e agora eles lhe mostravam suas presas. O capitão viu que, se tirasse os olhos de seus capangas, eles o atacariam.

– Rapazes – disse ele, pronto para bajular ou bater se fosse necessário, mas sem se acovardar nem por um segundo –, eu já entendi tudo. Há um Jonas a bordo.[54]

– Tem – rosnaram os piratas. – Um homem com um gancho!

– Não, rapazes, é a menina. Um navio pirata nunca teve sorte com mulher a bordo![55] Quando ela não estiver mais aqui, tudo vai voltar ao normal.

---

54. Na Bíblia, Jonas tenta fugir da incumbência que Deus lhe deu em um navio com destino a Társis. Enfurecido, Deus manda uma grande tempestade e o navio quase naufraga. É somente quando Jonas é lançado ao mar que a fúria divina se aplaca.

55. Curiosamente, apesar da superstição de que mulheres a bordo trazem má sorte aos navios, acreditava-se que ostentar imagens femininas na proa traria proteção à embarcação.

Alguns dos piratas lembraram que o Capitão Flint costumava dizer a mesma coisa.

– Vale a pena tentar – disseram eles, em dúvida.

– Joguem a menina no mar! – exclamou Gancho.

Os capangas correram para a figura encapuzada.

– Ninguém vai salvar você agora, menininha – zombou Molambo.

– Alguém vai – respondeu a figura.

– Quem?

– Peter Pan, o vingador!

Ao dar essa terrível resposta, Peter jogou a capa longe. Então, todos descobriram quem havia matado aqueles homens na cabine. Gancho abriu duas vezes a boca para falar, mas em ambas as vezes não saiu som nenhum. Naquele momento aterrador, acho que o coração feroz do capitão se partiu.

Por fim, ele exclamou:

– Enfiem uma faca no peito dele!

Mas foi sem convicção.

– Para cima deles, meninos! – disse Peter bem alto.

No segundo seguinte, o estrondo de armas se batendo ressoou por todo o navio. Se os piratas houvessem se mantido calmos, com certeza teriam vencido. Mas o ataque começou com eles desnorteados, e os capangas de Gancho correram de um lado para o outro, atacando sem ver quem atacavam, cada um achando que era o último sobrevivente da tripulação. Os piratas estavam em maioria, mas eles só lutaram na defensiva, o que permitiu que os meninos formassem duplas para caçá-los e escolhessem suas vítimas. Alguns dos bandidos pularam no mar; outros se esconderam em buracos escuros, onde foram encontrados por Magrelo, que não estava brigando, mas correndo com um lampião que usava para iluminar seus rostos. Isso cegava os piratas, e eles se tornavam presas fáceis das espadas ensanguentadas dos outros. Só se ouvia o som das armas batendo umas nas outras, um grito ou um *tchibum* aqui e ali, e Magrelo contando: cinco, seis, sete, oito, nove, dez, onze.

Subitamente, Gancho se viu cara a cara com Peter Pan.

Acho que os bandidos já estavam todos liquidados quando um grupo de meninos furiosos cercou Gancho, que parecia impossível de matar, mantendo todos a distância com sua terrível garra de ferro. Os meninos haviam acabado com seus capangas, mas esse homem sozinho parecia ser páreo para eles todos. Várias vezes eles o cercaram, e várias vezes ele obrigou-os a recuar com seus golpes. O capitão erguera um dos meninos com o gancho e estava usando-o de escudo quando outro, que acabara de enfiar a espada em Molambo, se meteu na refrega.

– Baixem suas armas, meninos! – exclamou o recém-chegado. – Esse homem é meu!

Subitamente, Gancho se viu cara a cara com Peter. Os outros se afastaram e formaram um círculo em torno deles.

Durante um longo tempo, os dois inimigos se olharam. Gancho tremia levemente, e Peter tinha um estranho sorriso no rosto.

– Então, Pan – disse Gancho afinal. – Tudo isso é culpa sua.

– Sim, James Gancho – foi a dura resposta. – Tudo isso é culpa minha.

– Seu menino orgulhoso e insolente – disse Gancho. – Prepare-se para o seu fim!

– Seu homem sombrio e sinistro – respondeu Peter. – Ao ataque!

Sem dizer mais nada, eles começaram a brigar e, durante alguns minutos, nenhum levou vantagem. Peter era um espadachim maravilhoso e aparava os golpes de Gancho com uma rapidez estonteante. A toda hora alternava uma finta com um ataque, enganando a defesa do adversário – mas seus braços mais curtos eram uma desvantagem, e ele não conseguia atingir o alvo. Gancho, que era quase tão brilhante quanto Peter, mas não tão ágil no movimento dos pulsos, o forçava a recuar com a fúria de suas investidas, esperando conseguir ganhar a luta com um dos golpes que mais gostava de usar e que lhe fora ensinado por Long John Silver anos atrás no Rio. Mas, para seu espanto, seu ataque foi repelido inúmeras vezes. Gancho então tentou acabar com Peter usando sua garra de ferro, com a qual vinha rasgando o ar durante esse tempo todo. Mas Peter se desvencilhou, abaixou-se e, num ataque feroz, furou as costelas do capitão. Ao ver seu próprio sangue (que, você deve se lembrar, tinha uma cor peculiar que o enojava), Gancho largou a espada e ficou à mercê de Peter.

– Agora! – gritaram todos os meninos.

Mas, com um gesto nobilíssimo, Peter convidou seu oponente a pegar de novo a espada. Gancho imediatamente o fez, mas teve uma trágica desconfiança de que Peter estava tendo bons modos.

Até então, ele havia acreditado que estava lutando contra um demônio, mas uma dúvida sombria o acometeu naquele instante.

– Pan, quem e o que é você? – perguntou o capitão com a voz rouca.

– Eu sou a juventude, eu sou a alegria – respondeu Peter num impulso. – Sou um passarinho que furou a casca do ovo.

Isso, é claro, não fazia o menor sentido. Mas, para o infeliz Gancho, era a prova de que Peter não tinha a menor ideia de quem ou o que era, e isso era o máximo dos bons modos.

– Retomar! – gritou ele, em desespero.

O capitão passou então a lutar como um flagelo humano, e cada golpe de sua terrível espada teria sido capaz de cortar em dois qualquer homem ou menino que estivesse em seu caminho. Mas Peter movimentava-se com tanta leveza que era como se até o vento o ajudasse a sair da zona de perigo. Ele se esquivava e atacava sem parar.

Agora, Gancho estava lutando sem esperanças. Aquele coração apaixonado não queria mais bater. Só desejava uma recompensa: ver Peter ter maus modos antes de parar para sempre.

Abandonando a luta, o capitão correu para o depósito de pólvora e acendeu um dos pavios.

– Em dois minutos o navio vai explodir em mil pedaços! – gritou ele.

Agora, pensou, vamos ver quem tem bons modos de verdade.

Mas Peter saiu de dentro do depósito com o pavio aceso nas mãos e atirou-o calmamente no mar.

E quanto a Gancho, como foram os modos dele nessa hora? Embora o capitão fosse um homem que havia tomado os rumos errados na vida, no final dela ele seguiu as verdadeiras tradições de sua raça, e nós podemos nos alegrar com isso sem, no entanto, chegar a simpatizar com ele. Os outros meninos estavam voando em torno dele agora, caçoando e zombando; e, embora Gancho cambaleasse pelo convés, tentando em vão golpear algum deles, sua cabeça não estava mais ali. Estava pensando nos campos onde praticara esportes tanto tempo atrás, ou em quando entrara para os anais do seu colégio, ou em quando ficara observando o Jogo da Parede[56] de cima de uma famosa parede. E seus sapatos estavam impecáveis; seu colete, impecável; sua gravata, impecável; suas meias, impecáveis.

Adeus, James Gancho, figura não desprovida de heroísmo.

Pois nós chegamos a seu derradeiro momento.

Ao ver Peter se aproximando devagar dele com a adaga erguida, Gancho saltou sobre a amurada do navio, pronto para se jogar no mar. Ele não sabia que o crocodilo o esperava, pois nós acabamos com a corda do relógio justamente para que ele não tivesse esse conhecimento. É um pequeno sinal de respeito nosso, agora que chegamos ao fim.

O capitão teve um último triunfo, do qual nós não devemos nos ressentir. Enquanto estava de pé na amurada, olhando por cima do ombro e vendo Peter deslizando pelo ar, Gancho fez um gesto que era um convite para um pontapé. Isso fez com que Peter o chutasse em vez de esfaqueá-lo.

Finalmente, Gancho recebeu a recompensa que tanto queria.

– Maus modos! – exclamou ele com desprezo, indo feliz para a boca do crocodilo.

E foi assim que James Gancho morreu.

– Dezessete! – cantou Magrelo. Mas a contagem dele não estava correta. Quinze homens haviam pagado o preço por seus crimes aquela noite, mas dois conseguiram chegar até a praia: Cavalheiro Starkey, que foi capturado pelos peles-vermelhas e obrigado a cuidar dos seus

56. Jogo praticado em Eton, a tradicional escola inglesa onde alguns dos irmãos Llewelyn Davies estudaram. O jogo, uma espécie de variação do rúgbi, se dá em uma estreita faixa de campo junto a uma parede.

curumins, o que foi um fim melancólico para um pirata; e Barrica, que a partir daí ficou vagando pelo mundo com seus óculos em cima do nariz, ganhando a vida de maneira precária ao contar a história de como havia sido o único homem que botava medo no famoso Capitão Gancho.[57]

Wendy, é claro, assistira a tudo sem se envolver, observando Peter com olhos brilhantes; mas, quando a luta acabou, ela tornou a aparecer. Wendy elogiou todos os meninos igualmente, e arrepiou-se deliciosamente quando Miguel lhe mostrou o local onde havia matado um pirata. Depois, ela levou todos para dentro da cabine de Gancho e apontou para o relógio dele, que estava pendurado num prego na parede. Já era "uma e meia"!

O fato de estar tão tarde quase foi a coisa mais emocionante daquela noite para os meninos. Wendy, é claro, os colocou bem depressa para dormir nas camas dos piratas; todos menos Peter, que ficou caminhando com o nariz empinado de um lado para outro no convés, até finalmente adormecer ao lado do Tonhão Comprido. Aquela noite, Peter teve um de seus sonhos. Ele chorou enquanto dormia durante um bom tempo, e Wendy lhe deu um abraço bem apertado.

---

57. Novamente uma possível referência de Barrie ao livro *A ilha do tesouro*, onde, como vimos, Long John Silver é descrito como "o único homem que Flint temeu".

16

A volta para casa

Quando o sino badalou duas vezes na manhã seguinte, eles todos começaram a pular das camas. O mar estava agitado e Firula, o imediato, estava ali segurando a ponta de uma corda e mascando tabaco. Todos os meninos colocaram roupas de piratas com as calças cortadas na altura do joelho, fizeram a barba e foram para o convés, com aquele andar de velhos lobos do mar, ajeitando as calças frouxas.

Nem precisa dizer quem era o capitão. Bico e João eram o primeiro e o segundo ajudantes. Havia uma mulher a bordo. Os outros eram meros marinheiros, e dormiam no castelo de proa. Peter já havia se agarrado ao timão; mas ele chamou todos os marujos e fez um pequeno discurso para eles. Disse que esperava que eles cumprissem seus deveres como homens bravos que eram, mas que sabia que eles eram a corja mais vil do Rio e da Costa do Ouro e afirmou que, se o desobedecessem, iam levar uma surra de chicote. Essas palavras rudes eram perfeitas para lidar com marinheiros, e eles deram gritos eufóricos em homenagem a seu capitão. Peter então deu algumas ordens curtas e grossas e eles viraram o navio na direção contrária, encaminhando-se para longe da ilha.

O Capitão Pan, após consultar as cartas náuticas, calculou que, se o tempo continuasse daquele jeito, eles iam chegar aos Açores no dia 21 de junho. Depois disso, seria mais rápido ir voando.

Alguns deles queriam que aquele fosse um navio honesto, enquanto outros queriam que continuasse a ser um navio pirata; mas o capitão tratava todos como se fossem cães, e eles não ousavam expressar seus desejos para ele nem de forma coletiva. A obediência instantânea era o único caminho seguro. Magrelo levou uma dúzia de chibatadas por fazer cara de espanto quando o capitão o mandou medir a profundidade da água. Os meninos achavam que Peter estava sendo honesto por enquanto para despistar Wendy, mas que talvez fosse mudar quando ficasse pronta a roupa nova que, contra a vontade, ela estava fazendo para ele, usando alguns dos trajes mais perversos de Gancho. Mais tarde, eles sussurraram uns para os outros que, na primeira noite em que Peter vestiu essa roupa nova, ele ficou um longo tempo sentado na cabine com a cigarreira de Gancho na boca e com o punho cerrado com o dedo indicador para fora, dobrado de forma ameaçadora, como se fosse um gancho.[58]

Mas, em vez de ficar observando o navio, nós agora precisamos voltar para aquele lar desolado de onde três dos nossos personagens haviam fugido de um jeito tão desalmado há tanto tempo. Parece cruel ter esquecido da casa número 14 durante um período tão longo; mas pode ter certeza que a sra. Darling não está zangada conosco. Se houvéssemos voltado aqui mais cedo para olhá-la com solidariedade e tristeza, ela provavelmente teria dito "Não sejam bobos! Que importância tenho eu? Voltem já para lá e fiquem tomando conta das crianças." Enquanto as mães forem assim, as crianças vão tirar partido delas. Pode apostar nisso.

Mesmo agora, nós só vamos entrar naquele quarto que conhecemos tão bem porque seus ocupantes estão a caminho de casa. Estamos apenas chegando na frente deles e vendo que suas camas estão bem feitinhas e arejadas, e que o sr. e a sra. Darling não vão sair esta noite. Nós somos como meros criados. Por que as camas dos três deveriam estar bem feitinhas e arejadas se eles as abandonaram com tanta pressa,

58. Ainda que se recuse a crescer, nesta passagem Peter Pan emula o comportamento de um personagem adulto, do mesmo modo que todas as crianças fazem durante seu crescimento. No filme de Steven Spielberg, *Hook – A volta do Capitão Gancho* (1991), Peter Pan cresce, e é seu filho Jack quem enxerga em Capitão Gancho uma figura paterna.

sem nem olhar para trás? Não seria uma boa lição se voltassem e descobrissem que os pais estavam passando um fim de semana no campo? Seria a lição de moral da qual eles vêm precisando desde que nós os conhecemos. Mas, se nós tivéssemos planejado a história assim, a sra. Darling jamais nos perdoaria.

Uma coisa que eu ia gostar muito de fazer é contar para ela, usando o poder que só nós autores temos, que as crianças estão voltando, que vão mesmo estar ali na quinta-feira da semana que vem. Isso ia estragar completamente a surpresa que Wendy, João e Miguel estão aguardando com tanta ansiedade. Eles estão planejando tudo no navio: como a mamãe vai ficar feliz, como o papai vai dar um grito de alegria, como a Naná vai dar um pulo para abraçá-los primeiro. Mas eles deviam é estar se preparando para levar uma surra. Como seria delicioso estragar tudo contando a novidade antes de eles chegarem! Assim, quando os três entrarem no quarto com aquele ar de superioridade, a sra. Darling não vai nem se oferecer para dar um beijo em Wendy, e o sr. Darling vai dizer com grande indiferença: "Ah, são esses meninos de novo." No entanto, nem por isso nós receberíamos um agradecimento. Já estamos começando a conhecer a sra. Darling, e sabemos que ela nos daria uma bronca por tirar esse pequeno prazer das crianças.

"Mas, minha cara senhora, faltam dez dias para a quinta-feira da semana que vem. Por isso, se nós contarmos logo tudo para a senhora, serão dez dias a menos de tristeza."

"Sim, mas que custo isso teria! Tiraria dez minutos de felicidade das crianças."

"Bom, se a senhora vir por esse lado..."

"E por qual outro lado eu poderia ver?"

Como você nota, essa mulher não tem nenhum orgulho. Eu estava pensando em dizer coisas maravilhosas sobre ela; mas sinto desprezo por ela, e agora não vou dizer nenhuma. Ninguém precisa mandá-la deixar tudo preparado, pois tudo já está preparado. Os lençóis das camas estão arejados. A sra. Darling nunca sai de casa. E olhe só: a janela está aberta. Nós não servimos de nada para ela, e seria melhor voltarmos logo para o navio. No entanto, já que estamos aqui, podemos ficar um pouco e dar uma olhada nas coisas. É isso que somos: meros observadores. Ninguém quer nossa companhia. Então vamos observar e fazer comentários maldosos, torcendo para que alguns magoem.

A única coisa diferente no quarto das crianças é que, entre as nove da manhã e as seis da tarde, a casinha de cachorro não fica mais ali. Quando as crianças saíram voando, o sr. Darling sentiu na alma que a culpa era toda dele por haver acorrentado Naná no quintal, e que ela sempre fora mais sábia do que ele. Como nós já vimos, o sr. Darling era um homem muito simplório. Poderia até se passar por um menino se conseguisse tirar a careca da cabeça. Mas ele também tinha um nobre senso de justiça e uma coragem de leão para fazer o que lhe parecia ser o correto; e, após a fuga das crianças, pensou com cuidado e preocupação no assunto e resolveu ficar de gatinhas e entrar na casinha de cachorro. Sempre que a sra. Darling pedia-lhe carinhosamente para sair dali, ele respondia num tom triste, mas firme:

– Não, minha amada, este é o meu lugar.

Roendo-se de remorsos, o sr. Darling jurou que não ia sair da casinha até que seus filhos voltassem. É claro que isso é lamentável; mas tudo o que o sr. Darling fazia, ele tinha que fazer com exagero, ou logo acabava desistindo. Depois desse dia, jamais houve um homem mais humilde do que o ex-orgulhoso Jorge Darling, que passava as noites enfiado na casinha conversando com a esposa sobre seus filhos e as coisas bonitinhas que eles costumavam fazer.

Era muito tocante a deferência do sr. Darling com Naná. Ele não a deixava mais entrar na casinha, mas, em todos os outros assuntos, fazia o que ela pedia sem discutir.

Todas as manhãs, a casinha era carregada, com o sr. Darling dentro, até um táxi, que o levava para o escritório. Às seis ele voltava para casa desse mesmo jeito. A força de vontade desse homem ficará clara quando nós lembrarmos o quanto ele se importava com a opinião de seus vizinhos: agora, ele se tornara uma pessoa que chamava atenção com cada movimento. No fundo, aquilo devia ser uma tortura para o sr. Darling, mas ele preservava uma aparência tranquila mesmo quando as crianças que passavam riam de sua casinha, e sempre tirava educadamente o chapéu para qualquer senhora que espiasse lá dentro.

Claro que isso era uma coisa meio maluca, mas também era maravilhosa. Logo o motivo foi descoberto, e o grande público ficou comovido. Multidões seguiam o táxi do sr. Darling, dando gritos eufóricos; meninas bonitas escalavam o veículo para pegar o autógrafo dele; ele foi entrevistado pelos melhores jornais; e a alta sociedade passou a convidá-lo para jantar, sempre acrescentando:

– Venha na casinha!

Naquela agitada quinta-feira, a sra. Darling estava no quarto das crianças, esperando Jorge voltar para casa com uma expressão muito triste. Agora que estamos observando-a de perto e lembrando de sua antiga alegria, que evaporou por completo só porque ela perdeu seus filhinhos, eu vejo que afinal não vou conseguir falar nada de maldoso. Não era culpa da sra. Darling se ela gostava tanto daquelas crianças danadas. Olhe só para ela, adormecida em sua poltrona. O cantinho de sua boca, que é a primeira coisa que a gente sempre vê, quase murchou. Suas mãos se movem sem parar sobre o seu peito, como se ela estivesse sentindo uma dor ali. Algumas pessoas gostam mais do Peter e algumas gostam mais da Wendy, mas eu gosto mais da sra. Darling. Quem sabe, para deixá-la feliz, a gente não devia sussurrar no ouvido dela que as pestes estão chegando. Eles estão mesmo a três quilômetros da janela agora, voando a uma boa velocidade, mas nós só precisamos sussurrar que eles estão a caminho. Vamos fazer isso.

É uma pena que a gente tenha feito mesmo, pois a sra. Darling acordou com um pulo, chamando os nomes deles. E não há ninguém no quarto, a não ser Naná.

– Ah, Naná, eu sonhei que meus queridinhos tinham voltado.

Naná estava com os olhos cheios d'água, mas não podia fazer nada além de colocar gentilmente a pata no colo da dona. Elas estavam sentadas assim quando a casinha foi trazida de volta. O sr. Darling coloca a cabeça para fora dela para beijar a esposa. E nós podemos ver que seu rosto está mais abatido do que antes, mas sua expressão agora é mais suave.

O sr. Darling deu seu chapéu para Lisa, que pegou-o com desprezo, pois ela não tinha imaginação e não conseguia entender o que levaria uma pessoa a fazer o que ele estava fazendo. Lá fora, a multidão que havia acompanhado o táxi até ali estava dando vivas. O sr. Darling, é claro, ficou um pouco emocionado.

– Ouça só isso – disse ele. – É muito gratificante.

– Um bando de moleques – desdenhou Lisa.

– Tinha vários adultos hoje – assegurou o sr. Darling com um leve rubor.

Mas, quando Lisa jogou a cabeça para trás e deu um muxoxo, ele não disse nada para repreendê-la. O sucesso social não o estragara; ao contrário, o deixara mais doce. O sr. Darling ficou algum tempo sentado com metade do corpo para fora da casinha, conversando com a esposa sobre este sucesso e apertando sua mão para tranquilizá-la quando ela disse que esperava que aquilo não lhe virasse a cabeça.

– Mas, se eu fosse um homem fraco... – disse ele. – Nossa! Se eu fosse um homem fraco!

– E, Jorge... – disse a sra. Darling timidamente – você continua tão cheio de remorso quanto antes, não é?

– Tão cheio de remorso quanto antes, querida! Veja só que punição a minha: morar numa casinha de cachorro.

– Mas é uma punição mesmo, não é, Jorge? Tem certeza que você não está gostando?

– Meu amor!

É claro que ela pediu perdão por ter desconfiado dele. E então, sentindo sono, o sr. Darling se enroscou dentro da casinha.

– Você não quer tocar alguma coisa no piano das crianças para eu dormir? – pediu ele.

Quando ela estava a caminho da sala adjacente ao quarto, onde ficava o piano, ele acrescentou, sem pensar:

– E feche essa janela. Está entrando uma corrente de ar.

– Ah, Jorge, não me peça isso. A janela tem que estar sempre aberta para eles, sempre, sempre.

Agora, foi a vez do sr. Darling de pedir perdão. A sra. Darling foi até o piano e começou a tocar, e ele logo adormeceu. E, enquanto dormia, Wendy, João e Miguel voaram para dentro do quarto.

Ah, não. Eu escrevi isso porque esse foi o plano lindo que os três haviam bolado antes de nós deixarmos o navio. Mas alguma coisa deve ter acontecido desde então, pois não foram eles que entraram voando. Foram Peter e Sininho.

As primeiras palavras que Peter disse explicam tudo.

– Rápido, Sininho – sussurrou ele. – Feche a janela. Tranque bem. Isso mesmo. Agora, eu e você temos que sair pela porta. E, quando a Wendy chegar, ela vai achar que a mãe trancou todo mundo do lado de fora, e vai ter que voltar comigo.

Agora eu entendi o que até aqui não havia conseguido explicar: por que, após Peter exterminar os piratas, ele não voltou para a ilha e deixou que Sininho levasse as crianças para casa. Foi porque já estava com esse truque na cabeça.

Em vez de achar que estava se comportando mal, Peter dançou de alegria. Depois, espiou na sala ao lado para ver quem estava tocando o piano. Ao ver, sussurrou para Sininho:

– É a mãe da Wendy. Ela é bonita, mas não tão bonita quanto a minha mãe. A boca dela é cheia de dedais, mas não tantos quantos tem na da minha mãe.

É claro que Peter não sabia nada sobre sua mãe. Mas, às vezes, ele contava vantagens sobre ela.

Peter não conhecia aquela música, que chamava "Lar, doce lar", mas sabia que ela estava pedindo "Volte para casa, Wendy, Wendy, Wendy". Ele exclamou, exultante:

– Você nunca mais vai ver a Wendy de novo, moça, pois a janela está trancada!

Ele olhou de novo para ver por que a música havia parado. E agora viu que a sra. Darling pousara a cabeça sobre o piano, e que duas lágrimas haviam brotado de seus olhos.

"Ela quer que eu destranque a janela," pensou Peter. "Mas eu não vou fazer isso. De jeito nenhum."

Ele olhou de novo e as lágrimas ainda estavam lá, ou então haviam sido substituídas por outras duas.

– Ela gosta mesmo muito da Wendy – disse Peter para si mesmo.

Ele agora estava irritado com a sra. Darling, que não via por que não podia ficar com Wendy. O motivo era tão simples:

– Eu gosto dela também. Só um dos dois pode ficar com ela, moça.

Mas a moça não se consolava, e Peter ficou chateado. Ele parou de olhar para ela, mas nem assim ela o largou. Ele pulou de um lado para o outro e fez caretas. Mas, quando parou, foi como se a sra. Darling estivesse dentro dele, pedindo.

– Ah, tudo bem! – disse Peter afinal.

Ele engoliu em seco. E destrancou a janela.

– Vamos lá, Sininho! – exclamou Peter, fazendo uma cara de enorme desdém para as leis da natureza. – A gente não quer nenhuma mãe boboca!

E saiu voando.

Ou seja, Wendy, João e Miguel encontraram a janela aberta no final das contas, o que, é claro, é mais do que eles mereciam. Eles pousaram no chão, sem nenhuma vergonha do que haviam feito. O mais novo já havia se esquecido da própria casa.

– João – disse ele, olhando em volta com ar de dúvida –, eu acho que já estive aqui antes.

– É claro que já esteve, seu bobo. Aquela era a sua cama.

– É mesmo – disse Miguel, mas sem muita convicção.

– Olhe só! – exclamou João. – A casinha!

Ele correu para olhar lá dentro.

– De repente a Naná está aí dentro – disse Wendy.

Mas João soltou um assobio.

– Opa! – disse ele. – Tem um homem aqui dentro.

– É o papai! – exclamou Wendy.

– Eu quero ver o papai! – disse Miguel ansiosamente, e deu uma boa olhada. – Ele não é tão grande quanto o pirata que eu matei – declarou.

Miguel disse isso com tamanha decepção que fico feliz que o sr. Darling estivesse dormindo; teria sido triste se essas houvessem sido as primeiras palavras de seu pequeno Miguel para ele.

Wendy e João tinham ficado um pouco surpresos ao encontrar o pai na casinha de cachorro.

– Ele não costumava dormir na casinha, costumava? – perguntou João, com o tom de quem havia perdido a confiança na própria memória.

– João – disse Wendy com a voz trêmula –, acho que a gente não lembra da nossa velha vida tão bem quanto pensávamos.

Eles sentiram um calafrio. Bem feito!

– A mamãe foi muito desleixada de não estar aqui quando a gente chegou – disse João, esse patife.

Foi aí que a sra. Darling começou a tocar piano de novo.

– É a mamãe! – exclamou Wendy, espiando na sala ao lado.

– É mesmo! – disse João.

– Então você não é nossa mãe de verdade, Wendy? – perguntou Miguel, que devia estar com sono.

– Minha nossa! – exclamou Wendy, sentindo uma pontada de remorso pela primeira vez. – Já estava mais do que na hora de nós voltarmos para casa.

– Vamos entrar na sala pé ante pé e tapar os olhos dela com as mãos – sugeriu João.

Mas Wendy, que viu que eles tinham que dar aquela boa notícia de forma mais gentil, tinha um plano melhor.

– Vamos todos deitar nas nossas camas. Quando ela entrar aqui, nós vamos estar nelas e vai ser como se a gente nunca tivesse ido embora.

Por isso, quando a sra. Darling voltou para o quarto das crianças para ver se seu marido estava dormindo, todas as camas estavam ocupadas. As crianças ficaram esperando pelo grito de alegria dela, mas ele não veio. A sra. Darling as viu, mas não acreditou que elas estavam ali. Ela as via em suas camas com tanta frequência quando sonhava que pensou que isso era só o sonho que ainda a estava envolvendo.

A sra. Darling sentou na poltrona ao lado da lareira, onde dera de mamar para seus filhos quando eles eram menores.

As crianças não conseguiram compreender isso, e um medo gelado percorreu seus corpos.

– Mamãe! – exclamou Wendy.

– É a Wendy – disse a sra. Darling, mas ainda achou que era um sonho.

– Mamãe!

– É o João – disse ela.

– Mamãe! – exclamou Miguel.

Agora, ele já sabia quem ela era.

– É o Miguel – disse a sra. Darling.

E ela estendeu os braços para as três criancinhas egoístas que jamais abraçaria de novo. Mas abraçou sim, pois Wendy, João e Miguel haviam saído da cama e corrido para ela.

– Jorge, Jorge! – exclamou a sra. Darling, quando conseguiu falar alguma coisa.

O sr. Darling acordou para compartilhar aquela felicidade, e Naná entrou correndo no quarto. Foi a cena mais linda que já se viu; mas não havia ninguém para vê-la, com exceção de um menino estranho que estava espiando pela janela. Ele já sentira inúmeros êxtases que as outras crianças jamais iam experimentar; mas o que estava vendo pela janela era a única alegria da qual sempre seria excluído.

17

Quando Wendy cresceu

Eu espero que você queira saber o que aconteceu com os outros meninos. Eles estavam esperando lá embaixo para que Wendy tivesse tempo de explicar a situação para seus pais; e, depois de contar até quinhentos, eles subiram. Subiram pela escada, pois acharam que isso daria uma impressão melhor. Eles se puseram em fila diante da sra. Darling com os chapéus nas mãos e arrependidos de estar usando suas roupas de piratas. Não disseram nada, mas, com os olhos, pediram que ela ficasse com eles. Deviam ter olhado para o sr. Darling também, mas haviam se esquecido dele.

É claro que a sra. Darling no mesmo instante disse que ficaria com eles; mas o sr. Darling ficou estranhamente deprimido, e eles viram que ele considerava seis um número bem alto.

– Você não faz nada pela metade mesmo, não é? – disse o sr. Darling para Wendy, e os Gêmeos acharam que esse comentário irritado era para eles.

O primeiro Gêmeo, que era o mais orgulhoso, perguntou com o rosto vermelho:

– O senhor acha que a gente vai dar trabalho demais? Se for isso, nós podemos ir embora.

– Papai! – exclamou Wendy, chocada.

Mas ainda havia uma nuvenzinha em cima da cabeça do sr. Darling. Ele sabia que não estava se comportando bem, mas não conseguia evitar.

– A gente pode dormir de dois em dois – disse Bico.

– Sou eu mesma que corto o cabelo deles – disse Wendy.

– Jorge! – exclamou a sra. Darling, chateada de ver seu querido marido agindo de maneira tão indigna.

Então o sr. Darling caiu em prantos e confessou a verdade. Ele estava tão feliz quanto a esposa de ficar com os meninos, mas achou que eles deveriam ter pedido o consentimento dele também, em vez de chegar na sua casa e tratá-lo como se ele fosse um zero à esquerda.

– Eu não acho que ele seja um zero à esquerda! – exclamou Firula. – Você acha que ele é um zero à esquerda, Caracol?

– Não. Você acha que ele é um zero à esquerda, Magrelo?

– De jeito nenhum. E você, Gêmeo?

Ficou claro que nenhum deles achava o sr. Darling um zero à esquerda. E ele ficou absurdamente feliz com isso, e disse que ia encontrar espaço para todos dormirem na sala de estar se eles coubessem ali.

– A gente vai caber, senhor! – asseguraram os meninos.

– Então, façam o que Seu Mestre Mandou! – exclamou o sr. Darling alegremente. – Olhem só, eu não tenho certeza se a gente tem uma sala de estar, mas nós fingimos que temos, e fica tudo a mesma coisa. Upa!

Ele saiu dançando pela casa e todos os meninos gritaram "Upa!" e saíram dançando também, procurando pela sala de estar. Não lembro mais se encontraram, mas de qualquer maneira encontraram vários cantos, e todos os meninos couberam.

Quanto a Peter, ele viu Wendy mais uma vez antes de sair voando. Não foi exatamente até a janela, mas roçou nela quando estava passando, para que Wendy, se quisesse, a abrisse e o chamasse. Foi o que ela fez.

– Oi, Wendy. Tchau – disse ele.

– Ah, não, você vai embora?

– Vou.

– Peter – disse Wendy, com a voz trêmula –, você não acha que gostaria de conversar com os meus pais sobre um assunto muito delicado?

– Não.

– Sobre mim, Peter.

– Não.

A sra. Darling foi até a janela, pois estava prestando muita atenção em tudo que Wendy fazia. Ela contou a Peter que havia adotado todos os outros meninos, e que gostaria de adotá-lo também.

– Você vai me mandar para a escola? – perguntou ele, esperto.

– Vou.

– E depois para um escritório?

– Acho que sim.

– E em pouco tempo eu vou virar homem?

– Muito pouco tempo.

– Eu não quero ir à escola aprender coisas importantes – disse Peter com fervor. – Não quero virar homem. Ah, mãe da Wendy, se eu acordasse e sentisse que tinha uma barba crescendo em mim!

– Peter – disse Wendy, sempre consoladora –, eu ia adorar ver você de barba.

A sra. Darling estendeu os braços para Peter, mas ele a repeliu.

– Saia para lá, moça. Ninguém vai me apanhar e me transformar num adulto.

– Mas onde você vai morar?

– Com a Sininho, na casa que a gente fez para a Wendy. As fadas vão colocar a casinha lá em cima, na copa de uma árvore, que é onde elas dormem de noite.

– Que lindo! – exclamou Wendy com tanto desejo na voz que a sra. Darling agarrou-a com mais força.

– Achei que todas as fadas estavam mortas – disse a sra. Darling.

– Sempre tem muitas novinhas – explicou Wendy, que se tornara uma autoridade no assunto. – É que quando um bebê ri pela primeira vez, nasce uma fada nova, e como sempre vão surgindo mais bebês, sempre vão surgindo mais fadas. Elas moram em ninhos nas copas das árvores. As roxas são meninos, as brancas são meninas e as azuis são bobinhas que não sabem o que são.

– Vou me divertir tanto – disse Peter, com um olho em Wendy.

– Você vai se sentir bastante sozinho à noite – disse ela. – Quando se sentar perto do fogo.

– Eu vou ter a Sininho.

– A Sininho mal dá para o gasto – disse Wendy, maldosa.

– Sua fofoqueira safada! – gritou Sininho de algum ponto depois da esquina.

– Não tem problema – disse Peter.

– Ah, Peter, você sabe que tem, sim.

– Bom, então venha comigo para a casinha.

– Posso, mamãe?

– É claro que não. Agora que você está em casa de novo, nunca mais vai embora.

– Mas ele precisa muito de uma mãe.

– Você também, meu amor.

– Ah, tudo bem – disse Peter, como se houvesse perguntado apenas por educação.

Mas a sra. Darling viu sua cara de choro e fez essa bela oferta: deixar que Wendy passasse uma semana com ele todo ano, para ajudar a fazer uma faxina quando chegasse a primavera. Wendy teria preferido algo mais permanente, e sentiu que a primavera ainda ia demorar muito a chegar; mas essa promessa fez com que Peter fosse embora bem contente. Ele não tinha noção de tempo e vivia tantas aventuras que tudo que eu lhe contei sobre ele é só a pontinha do comecinho. Acho que foi justamente porque Wendy sabia disso que suas últimas palavras para ele foram suplicantes:

– Você não vai se esquecer de mim, vai, Peter? Antes de chegar a hora da faxina de primavera?

É claro que Peter prometeu que não esqueceria, e saiu voando. Ele levou o beijo da sra. Darling. O beijo que ninguém conseguira ganhar, Peter levou com a maior facilidade. Engraçado. Mas ela pareceu ficar satisfeita.

É claro que todos os meninos foram para a escola. A maioria entrou na quarta série, mas Magrelo entrou na terceira e depois foi passado para a segunda. Menos de uma semana depois, eles viram que tinham sido uns burros de não ter ficado na ilha. Mas agora era tarde demais, portanto eles se conformaram em ser tão normais quanto eu, você ou qualquer zé-ninguém. É triste contar isso, mas aos poucos eles foram perdendo a habilidade de voar. No início, Naná amarrava seus pés nas colunas das camas para que eles não saíssem voando no meio da noite; e, durante o dia, uma de suas brincadeiras era fingir que estavam caindo de dentro dos ônibus em movimento. Mas, com o tempo, eles pararam de puxar as amarras que os prendiam nas camas, e descobriram que se machucavam quando caíam do ônibus. Chegou ao ponto em que não conseguiam mais sair voando nem para pegar chapéus levados pelo vento. Eles disseram que era falta de prática; mas a verdade é que não acreditavam mais.

Miguel acreditou durante mais tempo do que os outros meninos, embora estes caçoassem dele. Por isso, ele estava com Wendy quando Peter veio buscá-la da primeira vez. Wendy saiu voando com Peter, usando o vestido que costurara com folhas e frutinhas da Terra do Nunca. Ela estava morrendo de medo que ele notasse o quanto o vestido havia ficado curto; mas Peter não notou, pois tinha muita coisa a contar sobre si mesmo.

Wendy estava animada para ter conversas emocionantes com ele sobre os velhos tempos, mas novas aventuras o haviam feito se esquecer das antigas.

– Quem é o Capitão Gancho? – perguntou Peter com interesse quando ela falou de seu arqui-inimigo.

– Você não lembra como matou o capitão e salvou as vidas de todos nós? – perguntou ela, muito espantada.

– Eu esqueço de quem eu mato – respondeu ele com indiferença.

Quando Wendy disse, embora duvidasse muito disso, que esperava que Sininho fosse ficar feliz em vê-la, Peter perguntou:

– Quem é Sininho?

– Ah, Peter! – exclamou Wendy, chocada.

Mas, mesmo depois de ela explicar, ele não conseguiu lembrar.

– Tem tantas fadas – disse Peter. – Acho que ela não deve existir mais.

Acho que ele devia ter razão, pois as fadas não vivem muito. Mas são tão pequenas que um tempo curto, para elas, parece que é bem grande.

Wendy também ficou chateada ao descobrir que o ano que havia passado parecera apenas um dia para Peter, embora para ela houvesse sido uma espera enorme. Mas ele continuava tão fascinante quanto antes, e eles se divertiram muito fazendo a faxina de primavera na casinha na copa da árvore.

No ano seguinte, Peter não veio buscar Wendy. Ela esperou por ele usando um vestido novo, pois o velho não coube de jeito nenhum; mas ele não apareceu.

– Quem sabe ele está doente – sugeriu Miguel.

– Você sabe que ele nunca fica doente.

Miguel se aproximou dela e sussurrou, sentindo um calafrio:

– Vai ver que ele não existe, Wendy!

E Wendy teria chorado se Miguel já não estivesse chorando.

Peter apareceu na primavera seguinte, e o estranho é que ele nem percebeu que havia pulado um ano.

Essa foi a última vez que Wendy o viu enquanto ainda era criança. Por Peter, ela tentou demorar mais um pouquinho para crescer; e sentiu que estava sendo infiel a ele quando ganhou um prêmio de conhecimentos gerais na escola. Mas os anos chegaram e passaram, e aquele menino desatento não apareceu. Quando eles voltaram a se encontrar, Wendy já era uma mulher casada e Peter, para ela, era apenas a poeira da caixa onde ela guardara seus brinquedos. Wendy cresceu. Você não precisa ficar com pena dela. Ela era do tipo que gostava de crescer. No fim das contas, acabou crescendo por vontade própria, um dia antes das outras meninas.

A essa altura, todos os meninos já estavam crescidos, e nem vale a pena falar mais deles. Todos os dias os Gêmeos, Bico e Caracol vão para um escritório, cada um carregando uma pasta e um guarda-chuva. Miguel virou maquinista de trem. Magrelo casou com uma moça da nobreza e virou um lorde.[59] Está vendo aquele juiz de peruca branca, como os juízes da Inglaterra usam, saindo por aquele portão de ferro? Aquele um dia foi o Firula. E aquele homem barbado que não se lembra de nenhuma história para contar para os filhos um dia foi o João.

Wendy casou usando um vestido branco com uma faixa rosa. É estranho que Peter não tenha voado até a igreja para interromper a cerimônia.

Mais anos se passaram e Wendy teve uma filha. Eu não devia escrever isso usando tinta normal, mas tinta de ouro.

O nome dela era Jane, e ela estava sempre com uma expressão intrigada, como se no momento em que chegou ao mundo houvesse começado a fazer perguntas. Quando passou a ter idade para fazer mesmo as perguntas, quase só perguntava sobre Peter Pan. Ela adorava escutar histórias sobre ele, e Wendy lhe contou tudo o que lembrava naquele mesmo quarto de criança onde ocorrera aquela famosa fuga. Era o quarto de Jane agora, pois seu pai comprara a casa por um bom preço do pai de Wendy, que não gostava mais de subir escadas. A sra. Darling já estava morta e esquecida.

Só havia duas camas no quarto agora, a cama de Jane e a de sua babá; e não tinha casinha, pois Naná também havia falecido. Ela morreu de velhice e deu muito trabalho no fim da vida, pois acreditava piamente que ninguém sabia cuidar de crianças, com exceção dela.

Uma vez por semana, a babá de Jane tinha folga, e Wendy colocava a filha na cama. Essa era a hora das histórias. Foi Jane quem teve a ideia de colocar o lençol sobre sua cabeça e a cabeça da mãe, formando uma cabaninha e, no meio de toda aquela escuridão, sussurrar:

– O que a gente está vendo agora?

– Acho que não estou vendo nada esta noite – disse Wendy, com a sensação de que, se Naná estivesse ali, ia dizer que já estava tarde demais para tanta conversa.

---

59. O título que Magrelo recebe é uma ironia de Barrie aos protocolos da aristocracia britânica, já que uma mulher torna-se lady ao casar-se com um lorde, mas um homem não se tornará lorde ao casar-se com uma lady.

– Está vendo, sim – disse Jane. – Você está vendo sua época de criança.

– Isso foi há muito tempo, meu amor. Ah, como o tempo voa!

– Ele voa que nem você voou quando era criança? – perguntou aquela menina levada.

– Que nem eu voei? Sabe, Jane, às vezes eu me pergunto se voei mesmo.

– Voou, sim.

– Ah, que época boa, quando eu sabia voar!

– E por que você não sabe mais voar, mamãe?

– Porque eu cresci, meu amor. Quando as pessoas crescem, elas não lembram mais como se voa.

– Por que a gente não lembra mais?

– Porque não somos mais alegres, inocentes e desalmados. Só quem é alegre, inocente e desalmado consegue voar.

– O que é alegre, inocente e desalmado? Eu queria ser alegre, inocente e desalmada.

Ou talvez Wendy tenha admitido que estava vendo algo, sim.

– Acho que é o meu quarto de criança – disse ela.

– Acho que é, sim – disse Jane. – E o que mais?

Elas embarcaram na grande aventura da noite, com Peter voando quarto adentro para tentar achar sua sombra.

– Aquele menino bobo tentou grudar a sombra com sabonete – disse Wendy. – Quando não conseguiu, começou a chorar. Aí eu acordei e costurei a sombra para ele.

– Você pulou uma parte – interrompeu Jane, que já sabia a história melhor que sua mãe. – Quando você viu o menino sentado no chão, chorando, o que foi que você disse?

– Eu me sentei na cama e disse "Ei, menino, por que você está chorando?"

– Foi isso mesmo – disse Jane, suspirando fundo.

– E aí ele levou todos nós voando para a Terra do Nunca, para ver as fadas, os piratas, os peles-vermelhas, a Lagoa das Sereias, a casa debaixo da terra e a casinha.

– Isso! E do que você gostou mais?

– Acho que gostei mais da casa debaixo da terra.

– É, eu também. Qual foi a última coisa que o Peter disse para você?

– A última coisa que ele disse para mim foi "Fique sempre esperando por mim que, uma noite dessas, você vai ouvir meu cocoricó."

– Isso.

– Mas, infelizmente, ele se esqueceu de mim.

Wendy disse isso com um sorriso. Ela já estava bem crescida mesmo.

– Como era o cocoricó dele? – perguntou Jane certa noite.

– Era assim – disse Wendy, tentando imitar o cocoricó de Peter.

– Não, não era – afirmou Jane, muito séria. – Era assim.

E ela fez o cocoricó muito melhor do que a mãe.

Wendy ficou um pouco assustada.

– Meu amor, como você pode saber?

– Eu ouço muitas vezes, quando estou dormindo – explicou Jane.

– Ah, sim. Muitas meninas ouvem o cocoricó dele quando estão dormindo, mas eu fui a única que ouvi quando estava acordada.

– Sorte sua – disse Jane.

Então, certa noite, aconteceu a tragédia. Era primavera, a história de ninar já havia sido contada, e Jane estava dormindo em sua cama. Wendy estava sentada no chão, bem perto da lareira, tentando enxergar melhor para poder cerzir, pois não havia nenhuma outra luz no quarto. Enquanto cerzia, ela ouviu um cocoricó. A janela se abriu como nos velhos tempos e Peter pousou no chão.

Ele continuava exatamente igual, e Wendy logo viu que ainda tinha todos os dentes de leite.

Peter era um menino e ela era uma adulta. Wendy encolheu-se ao lado da lareira, sem ousar se mover, impotente e culpada, uma mulher crescida.

– Olá, Wendy – disse Peter.

Ele não notou nenhuma diferença, pois estava pensando mais em si mesmo; e, naquela penumbra, o vestido branco de Wendy podia ser confundido com a camisola que ela estava usando quando ele a vira pela primeira vez.

– Olá, Peter – disse Wendy com a voz fraca.

Ela se espremeu, tentando ficar do menor tamanho possível. Algo dentro dela pedia: "Ei, sua mulher adulta, me largue."

– Ei, cadê o João? – perguntou Peter, subitamente sentindo falta da terceira cama.

– O João não está aqui agora – disse Wendy, prendendo a respiração de susto.

– O Miguel está dormindo? – perguntou ele, com um olhar despreocupado para a cama de Jane.

– Está – respondeu Wendy.

Ela sentiu que estava sendo infiel não apenas a Peter, mas a Jane também.

– Esse não é o Miguel – disse Wendy rapidamente, com medo de receber um castigo.

Peter olhou.

– Opa! É uma criança nova?

– É.

– Menino ou menina?

– Menina.

Ela achou que ele com certeza ia entender agora. Mas não foi isso o que aconteceu.

– Peter – disse Wendy, com a voz trêmula –, você está querendo que eu saia voando daqui com você?

– É claro. É por isso que eu vim – disse Peter.

Ele acrescentou, com certa severidade:

– Já esqueceu que está na época da faxina de primavera?

Ela sabia que seria inútil explicar que ele deixara muitas primaveras passarem.

– Não posso ir – disse Wendy, num tom de quem pede desculpas. – Esqueci como se voa.

– Eu ensino para você de novo.

– Ah, Peter, não desperdice poeira de fada em mim.

Ela se levantou. Finalmente, Peter teve um receio.

– O que foi? – perguntou ele, se encolhendo.

– Eu vou acender a luz, e aí você vai entender – disse Wendy.

Que eu saiba, foi praticamente a única vez na vida que Peter sentiu medo.

– Não acenda a luz! – exclamou ele.

Wendy passou os dedos no cabelo do infeliz menino. Ela não era mais uma menininha com o coração partido por causa dele. Era uma mulher adulta, sorrindo daquilo tudo. Mas os sorrisos estavam misturados com lágrimas.

Wendy acendeu a luz e Peter viu. Ele soltou um grito de dor. E, quando aquela criatura alta e linda se agachou para pegá-lo nos braços, ele se esquivou, horrorizado.

– O que aconteceu? – perguntou Peter.

Wendy teve que explicar.

– Eu cresci, Peter. Já tenho muito mais do que vinte anos. Eu cresci há muito tempo.

– Você tinha prometido que não ia crescer!

– Não consegui evitar. Sou uma mulher casada, Peter.

– Não é, não.

– Sou, e a menina que está dormindo na cama é minha filha.

– Não é, não.

Mas Peter entendeu que era, mesmo; e deu um passo na direção da criança adormecida com a adaga erguida. É claro que não deu o golpe. Em vez disso, sentou no chão e começou a soluçar. Wendy não sabia como consolá-lo, embora um dia já houvesse sido tão boa nisso. Mas agora, era apenas uma mulher, e saiu correndo do quarto para tentar pensar.

Peter continuou a chorar, e logo seus soluços acordaram Jane.

– Ei, menino, por que você está chorando?[60] – disse ela.

---

60. A frase é exatamente a mesma que Wendy pronuncia no início do capítulo 3.

Peter se levantou e fez uma mesura para ela, que fez uma mesura para ele da cama.

– Oi – disse ele.

– Oi – disse Jane.

– Eu me chamo Peter Pan.

– Eu sei.

– Eu vim buscar minha mãe para ela ir comigo para a Terra do Nunca.

– Eu sei – disse Jane. – Eu estava esperando você.

Quando Wendy voltou, cabisbaixa, encontrou Peter sentado na coluna da cama soltando um glorioso cocoricó, enquanto Jane voava pelo quarto de camisola, num êxtase completo.

– Ela é minha mãe – explicou Peter.

Jane desceu e ficou parada ao lado dele, com a expressão que Peter gostava de ver no rosto das moças quando elas o olhavam.

– Ele precisa tanto de uma mãe – disse Jane.

– Eu sei – admitiu Wendy, desolada. – Ninguém sabe disso tão bem quanto eu.

– Tchau – disse Peter para Wendy.

Ele levantou voo e a desavergonhada da Jane levantou junto; ela já estava voando até melhor do que andava.

Wendy correu para a janela.

– Não, não! – exclamou ela.

– É só para a faxina de primavera – disse ela. – Ele quer que eu sempre vá ajudar com a faxina de primavera.

– Ah, se eu pudesse ir com vocês – suspirou Wendy.

– Mas você não consegue voar.

É claro que, no fim das contas, Wendy deixou que eles fossem embora juntos, voando. Vamos olhar para ela pela última vez e vê-la na janela, observando os dois se afastando no céu até virarem dois pontinhos que mais parecem estrelas.

Quando você olhar para Wendy, talvez veja seu cabelo ficando branco, e seu corpo ficando pequenininho de novo, pois tudo isso aconteceu há muito tempo. Jane agora é uma adulta como qualquer outra, com

PETER AND JANE

Quando Wendy voltou, encontrou Peter sentado na cama e Jane voando pelo quarto.

uma filha chamada Margaret.[61] E, toda vez que chega a hora de fazer a faxina de primavera – a não ser quando ele esquece –, Peter vem buscar Margaret e a leva para a Terra do Nunca, onde ela lhe conta histórias sobre si mesma, as quais ele ouve com grande atenção. Quando Margaret crescer, ela vai ter uma filha, e vai ser a vez dela de ser a mãe de Peter. E assim continuará sendo, enquanto as crianças forem alegres, inocentes e desalmadas.

61. A última menina citada no livro foi batizada em homenagem à mãe de James Barrie, Margaret Ogilvy.

CRONOLOGIA

Vida e Obra de James Barrie

1860 | 9 mai: James Matthew Barrie nasce em Kirriemuir, Escócia, o nono de dez filhos.

1882: Completa os estudos na Universidade de Edimburgo.

c.1882-1884: Trabalha como jornalista para o *Nottinghamshire Journal*.

1885: Muda-se para Londres, onde se concentra em seus próprios escritos e publica coletâneas de contos.

1886: Escreve *Better Dead*, seu primeiro romance.

1891: Sua primeira peça, *Richard Savage*, é encenada.

1894: Casa-se com a atriz Mary Ansell.

1896: Escreve a biografia de sua mãe, Margaret Ogilvy.

1898: Conhece Arthur e Sylvia Llewelyn Davies num jantar e descobre que, coincidentemente, já era amigo de seus cinco filhos – meninos com quem brincava em Kensington Gardens, Londres. A família, sobretudo as crianças, viria a desempenhar um papel crucial na vida e na carreira de Barrie.

1900: Publicação de *Tommy and Grizel*, obra que traz elementos que viriam a reaparecer em *Peter Pan*.

1902: Publicação do romance *The Little White Bird*, em que o personagem de Peter Pan aparece pela primeira vez.

1904: Estreia da peça *Peter Pan, or The Boy Who Wouldn't Grow Up*, na qual o personagem é protagonista. Foi tamanho o sucesso que a peça se tornou um evento anual de Natal, sendo encenada por sessenta anos.

1906: Estreia, com grande sucesso, *What Every Woman Knows*, peça com pano de fundo político.

1909: Divorcia-se da esposa.

1910: Sylvia Llewelyn Davies morre, apenas três anos após o marido, determinando em testamento que Barrie e a governanta das crianças se encarregassem da criação de seus filhos.

1911: Publicação de *Peter e Wendy*, mais tarde renomeado como *Peter Pan*, a versão definitiva da história do personagem Peter Pan.

1912 | 1º mai: A estátua de Peter Pan "surge" em Kensington Gardens. Encomendada por Barrie a Sir George Frampton, tendo por modelo uma fotografia de 1906 de Michael Llewelyn Davies vestido como Peter Pan, a escultura foi instalada no meio da noite – e anunciada por Barrie no jornal como uma surpresa e um presente para as crianças.

1913: Barrie torna-se baronete, passando a ser chamado pelo título de Sir J.M. Barrie.

1917: Publica a peça *Dear Brutus*.

1919: Eleito reitor da Universidade de St. Andrews, Escócia.

1917: Publica a peça *Mary Rose*.

1922: Feito membro da Ordem do Mérito.

1928: Publicação de *Peter Pan, or The Boy Who Would not Grow Up*, o texto da peça de 1904.

1930-1937: Atua como Chancellor da Universidade de Edimburgo.

1937 | 19 jun: Morre aos 77 anos, em Londres, em decorrência de uma pneumonia, legando os direitos de *Peter Pan* para o Great Ormond Street Hospital Children's Charity.

1ª EDIÇÃO [2012] 13 reimpressões

ESTA OBRA FOI COMPOSTA POR MARI TABOADA EM QUADRAAT PRO E IMPRESSA EM OFSETE PELA GRÁFICA SANTA MARTA SOBRE PAPEL PÓLEN NATURAL DA SUZANO S.A. PARA A EDITORA SCHWARCZ EM MAIO DE 2024

FSC www.fsc.org MISTO Papel | Apoiando o manejo florestal responsável FSC® C005648

A marca FSC® é a garantia de que a madeira utilizada na fabricação do papel deste livro provém de florestas que foram gerenciadas de maneira ambientalmente correta, socialmente justa e economicamente viável, além de outras fontes de origem controlada.